Helmar Neubacher

ADOLF HITLER –
DIE »ENTTARNUNG«

Liebe, Sex und Tod

4 Tote brechen ihr Schweigen

* ✳ Lebensgefährtin Eva Braun
* ✳ Schulfreund Eugen Wasner
* ✳ Jüdische Hure Rebecca
* ✳ Nichte Geli Raubal

Historischer Roman

Helmar Neubacher, geboren am 06. April 1940 in Sakuten, Kreis Memel, damals Deutschland – Studiendirektor i.R.

Helmar Neubacher

ADOLF HITLER –
DIE »ENTTARNUNG«

Liebe, Sex und Tod

4 Tote brechen ihr Schweigen

※ Lebensgefährtin Eva Braun
※ Schulfreund Eugen Wasner
※ Jüdische Hure Rebecca
※ Nichte Geli Raubal

Historischer Roman

Umschlag
Entwurf und Gestaltung: www.schaduf-book.de

Bibliografische   Information   der   Deutschen
Nationalbibliothek

Die Deutsche Nationalbibliothek verzeichnet diese
Publikation in der Deutschen Nationalbibliografie,
detaillierte bibliografische Daten sind im Internet über
http://dnb.dnb.de abrufbar.

Herstellung und Verlag: BoD – Books on Demand,
Norderstedt

ISBN: 9783753453224

Inhalt

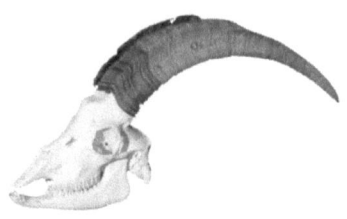

Abb. 1 *Kopf eines Ziegenbocks mit Hörnern* [1]

Der Schädel eines Ziegenbocks am Anfang eines Buches muss doch jeden zumindest irritieren. Da hallt doch die Frage nach: „Was soll das?" Dem Autor erschien dieses Bild jedoch wichtig, ist es doch Symbol des Vergehens, des Todes, das die Entwicklung Hitlers bildnishaft beschreibt. Hitler produzierte sich damals im Jahre 1898 als Anführer einer Jungenschar, der er seinen Willen aufzwang. Es ging ihm nur um sich selbst, die anderen waren Staffage für seine sogenannte Mutprobe mit einem Ziegenbock – ausgestattet mit Riesenhörnern und messerscharfen Schneidezähnen. Die Klassenkameraden sollten ihn bewundern, nicht mehr. Seine Ichbezogenheit lässt ihn ein Tier quälen – er, das zarte Kind, das sich im Gegensatz zu Millionen anderer Kindern an einem Ziegenbock vergreift, um seine Überlegenheit zu demonstrieren. Die Folgen sollten sich ein Leben lang in unterschiedlichsten Facetten zeigen. Davon handelt dieses Buch. Es versucht die Frage zu beantworten, was aus dem damals 9-jährigen Jungen wurde, wie sich das Ereignis des Jahres 1898 auf seine Entwicklung vom Kind zum Erwachsenen auswirkte. Es wirft ein Schlaglicht auf seine Begegnungen mit Frauen, erklärt seinen Hass auf die Zeugen seiner Schandtat, seine Egozentrik und seine Verherrlichung kriegerischer, stark übertrieben nationalistischer Politik.

---

[1] *Foto H. Neubacher (Tierschädel ist Eigentum des Autors)*

TEIL I: Die Liebe
− Adolf Hitler und Eva Braun

Kapitel 1: Liebestaumel und Untergangsstimmung

Nach Beendigung des Tanzes hat er die junge Frau mit beiden Armen in Brusthöhe hochgehoben. Beide blicken sich nun voller Zärtlichkeit und Sehnsucht in die Augen − heute am 15. April 1945. Sie liegt mit ihrer weiß geplüschten Bluse eng an ihn gepresst − mehr auf als an seiner Brust, da sein Rücken stark nach hinten gebogen ist. Ihre Münder sind nur wenige Zentimeter voneinander entfernt − dürfen sich aber nicht berühren. Denn fünf Offiziere und zwei Sekretärinnen beobachten die ungewöhnliche Szene.

Unverkennbar, der Ausdruck von zwei jungen Menschen, die sich einig sind − so können nur unsterblich Verliebte blicken. Beide bezeugen, dass sie es getan haben, sich geliebt haben in der schier ausweglosen Situation des verlorenen Krieges. Und sie wissen − es gab nur dieses eine Mal und eine Wiederholung kann es niemals geben − das wissen die Augen und die leicht geöffneten Münder mit der Stirn voller Schweißperlen. So können die Blicke voll Zärtlichkeit und Sehnsucht nur Ausdruck von Geschehnissen aus allerjüngster Zeit sein, wenn aber auch gleichzeitig zukünftiges gemeinsames intimes Zusammensein auf beiden Gesichtern als Wunsch geradezu eingebrannt, ablesbar ist. Und obwohl dieses hübsche Paar in Alter, Wesen und Äußerem geradezu für einander geschaffen zu sein scheint − beiden ist unwiderruflich klar: Für uns Beide gibt es keine Zukunft − bitter, bitter, aber unumstößlich!

Die berstenden Granateinschläge der russischen Stalinorgeln bringen die beiden Verliebten ganz plötzlich, aber unwiederbringlich in die Realität zurück − aus ist der kurz geträumte Traum und es kracht laut vernehmlich wenige Kilometer entfernt vom »Führerbunker« am 15. April 1945.

Die gesamte Szene dauerte nur drei Sekunden – man hätte also langsam 24, 25, 26 zählen können, und der Mann biegt den Körper leicht nach vorne und lässt die junge Frau wieder zu Boden gleiten, wo sie mit ihren halbhohen Schuhen sicher aufkommt. Nur drei Sekunden, aber drei Sekunden Glückseligkeit, denn das Gesicht der Frau zeugt davon, wie schön der erste Sex war – wenn auch erst mit 33 Jahren! Die Verliebten werden aus ihrem Drei-Sekunden-Traum gerissen und sind vom Jauchzen im Himmel wieder in der Realität des Lebens. Sie stehen sich nun Brust an Brust an beiden Händen haltend gegenüber – der Generalleutnant der Waffen-SS, Hermann Fegelein, und die Lebensgefährtin des Reichskanzlers Adolf Hitler – »Führer« des Deutschen Volkes.

Während Hitler sich mit seinen Generälen nur zwei Zimmer entfernt (Abb. 2, Zimmer 9) in einer Besprechung befindet, verlustieren sich die fünf wachfreien Offiziere, die beiden Sekretärinnen, Fegelein und Eva Braun in Evas Zimmer (Abb. 2, Zimmer 11).

Vom Musikschrank ertönen Platten mit Tanzmusik. Hitlers Sekretärin, Christa Schröder, hat die Musikbox drei Wochen vorher der befreundeten Eva vom Bunker in der Voßstraße vorbeigebracht. Die Platte ist gerade abgelaufen und die Offiziere beginnen, schon etwas angetrunken, mit den Sekretärinnen eine laute Unterhaltung. Alle Sieben tun sehr beschäftigt, als wäre ihnen das sekundenlange Liebesgeplänkel der beiden immer noch Händchenhaltenden entgangen.

Wenn auch Sechs der Sieben die Liebesszene möglicherweise nur beiläufig mitbekommen haben, so ist allerdings allen Bediensteten im »Führerbunker« klar, dass insbesondere Christa Schröder, die Sekretärin

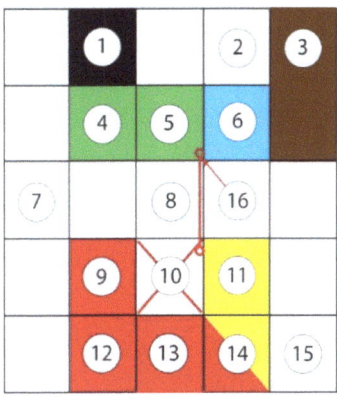

Abb. 2

Der »Führerbunker«

(Hauptbunker, errichtet 1943/44), Grundriss als schematische Umzeich-nung mit Ergänzungen nach »Der Letzte Zeuge« [2]*, Ergänzungen durch den Autor.*

1   Räume des Leibarztes
2   Waschraum
3   Maschinenraum
4   Schlafzimmer Goebbels
5   Arbeitszimmer Goebbels
6   Telefonzentrale
7   Waschräume/Schleusen
8   Korridor/Warteraum
9   Hitlers Besprechungszimmer
10 Vorraum
11 Eva Brauns Schlafzimmer
12 Hitlers Schlafzimmer
13 Hitlers Wohn- und Arbeitszimmer
14 Hitlers Badezimmer und Toilette (genutzt auch von Eva Braun)
15 allgemeine Toiletten/Waschraum
16 Abhöranlage von Schlafzimmer Eva Braun (Z. 11) zum Arbeitszimmer Goebbels (Z. 5) – *(nach der Idee des Autors)*

---

[2] *»Der Letzte Zeuge«. Ich war Hitlers Telefonist, Kurier und Leibwächter, Piper Verlag GmbH München, Seiten 208/209, Rochus Misch und »Mythos Führerbunker«, Hitlers letzter Unterschlupf, Berlin Story Verlag, 2012, Seiten 14/15, Kellerhoff, Sven Felix.*

Hitlers, mit ihrer guten Beobachtungsgabe und ihrem schon fotografischen Gedächtnis sich die erlebten Szenen nicht hat entgehen lassen. Dies ist ja auch der Grund, dass sie von ihrem Chef Adolf Hitler fachlich, aber auch als Vertrauensperson sehr geschätzt wird.

Nun lösen auch Fegelein und Eva ihre Handumklammerung. Sie setzen sich zu den anderen. Während Fegelein ein Bierglas mit Sekt herunterstürzt, das ihm einer der Offiziere mit einem Lächeln eingeschenkt hat, erhebt sich Eva wieder. Sie geht zum Musikschrank und legt eine neue Platte auf. Sie stützt sich mit beiden Armen nach hinten zur Box ab − Eva hört »Lili Marleen« und man hat den Eindruck als wolle sie trotz der Nähe zu den grölenden Offizieren ein klein wenig Abstand gewinnen − ein klein wenig nachdenken.

Die fünf Offiziere johlen, denn zum Sekt ist nun auch Schnaps gekommen. Das Techtelmechtel von Eva Braun und Hermann Fegelein wird so gekonnt überspielt. Dass sich Eva und Fegelein sehr mögen, ist ja allen hinreichend bekannt − immerhin trafen sich die beiden schon des Öfteren in Evas Zimmer, auch mit anderen Offizieren − immer kurz vor oder kurz nach einem Bombenalarm.

Aber heute hat das frühere Geplänkel des feschen Generalleutnants und der Lebensgefährtin des mächtigen »Führers« der Deutschen ein neues Höchstniveau erreicht − und überschritten − aus dem allseits bekannten »Sich Mögen« ist mehr geworden − viel, viel mehr!

Kapitel 2: Die Verschwörung

Vom Plattenschrank ertönt leise Musik. Eva Braun und ihre Schwester befinden sich in Evas Zimmer auf Hitlers Berghof in den Alpen, am 1. März 1945. Die vielen Leute, die sich hier täglich als Gäste aufhalten sind zur Ruhe gekommen. Draußen ist um 21.30 Uhr fast kein Ton zu hören. Es ist schon dunkel und nur einige Soldaten huschen vorbei. Erkennbar im Schatten sind lediglich Bedienstete von Hitlers SS. Dazu gehören schwarz gekleidete Posten mit ihren Maschinenpistolen, die schemenhaft, wie zu Salzsäulen erstarrt, in der Nähe des Hauses Wache halten. Alles erscheint sehr gespenstisch, da der gesamte Bereich wegen der Gefahr von Fliegeralarm abgedunkelt ist. Hitlers sogenannter Berghof wirkt so weniger wie ein Hof, sondern eher wie eine Bergfestung. Eva sitzt derweil auf dem Sofa und ihr gegenüber, in einem der beiden Sessel, die Schwester Margarete – von allen Gretl genannt. Auf dem Tisch, der sie beide trennt, liegt Gebäck in einer schweren antiken Silberschale und auf einem Spitzendeckchen steht eine gekühlte Flasche Sekt. Beide Frauen tragen bayrische Dirndl – Eva rot, Margarete zart grün. Sie sehen sich in die Augen, heben ihr Glas mit dem Trinkspruch »Glück für uns« und leeren den Inhalt der kelchförmigen Gläser. Die Flasche ist schon halb leer, und so wie sie sich mit etwas verschleiertem Blick ansehen merkt man, dass sie Alkohol nicht gewohnt sind – sie haben schon einen kleinen Schwips.

„Liebe Eva", beginnt Margarete,

„du hast darum gebeten, dich einmal mit mir richtig auszusprechen. Was hast du denn auf dem Herzen?"

„Ja, das ist wirklich mein sehnlichster Wunsch – schön, dass du sofort Zeit für mich hattest."

„Warum machst du es denn so spannend? Wir sehen uns doch jeden Tag", antwortet Gretl.

Eva schenkt die Gläser erneut voll, prostet der Schwester zu und beide leeren die Sektgläser in zwei bzw. drei langen Zügen. Eva stellt ihr Glas zurück und Margarete wischt sich genüsslich den Mund mit einem seidigen Spitzentaschentuch. Dann stellt auch sie ihr Glas ab − schenkt aber sogleich beide Gläser wieder voll − bis zum Rand. Beide Frauen lehnen sich zurück, lächeln sich mit geröteten Gesichtern erneut erwartungsvoll an − der vorhandene Schwips nun ganz unverkennbar.

„Ja, liebe Gretl, ich bin ja so froh, dass du immer in meiner Nähe bist. Ohne dich wäre ich im Gewirr der vielen unterschiedlichen Menschen mit den in meinem Kopf schwirrenden hochtrabenden Gesprächen auf unserer »Bergfestung« verloren. Besonders jetzt, wo sich der Chef in Berlin befindet und der furchtbare Krieg auch uns in unseren friedlichen Bergen erreicht, ist klar − keine Möglichkeit auszuweichen − verstecken hinterm Berg nicht möglich! Bombenalarm, Einnebelung und Sirenen reißen an meinen Nerven. Nahm mir der Chef sonst alles ab, so bin ich jetzt mutterseelenalleine − völlig hilflos − und ohne dich, wie schon gesagt − regelrecht verloren! Sorgten hier sonst Ribbentrop, Goebbels, Göring und Speer mit ausländischen Politikern für Aktion − so habe ich nun das Gefühl, dass alles den Bach runter geht! Besonders fehlen mir die Besuche von Speers Frau mit den Kindern. Wenn alle sechs spielten und Lieder sangen war ich glücklich − hatte sogar manchmal das Gefühl, dass auch ich eine Zukunft hätte − mit einer großen Kinderschar, Hund und Katze.

Und hier sind wir schon beim Thema − danke, dass du, liebe Gretel mir so geduldig zuhörst. Sonst war ich ja immer diejenige, die sämtlichen Sermon über sich ergehen lassen musste. Ich war verdammt zum Zuhören, ohne jede eigene Meinung und Stimme – eben die ergebene geduldige Zuhörerin

- das gnädige Fräulein bei den Bediensteten
- das Fräulein Braun bei den anderen, auch in Gegenwart Hitlers und, wenn's ganz hoch kam
- das Tschapperl/das Handscherl, wenn Adolf und ich alleine waren."

„Sprich ruhig weiter, liebe Schwester, ich höre dir gerne zu."

Und Eva weiter:

„Heute ist das anders als sonst, zum ersten Mal habe ich die Möglichkeit, selbst aktiv zu werden – meinen Willen durchzudrücken: **Ich fahre nach Berlin!**"

„Aber, aber liebes Evchen, bist du verrückt geworden? Du weißt, täglich fallen tausende Bomben auf Berlin – alles ist zerbombt – der Russe hat Berlin fast eingekesselt. Mein Hermann hat telefonisch mehrfach bestätigt, dass die Granateinschläge der russischen Geschütze, der verdammten Stalinorgeln, im »Führerbunker« zu hören sind. Der Russe kommt – nein, er ist schon da und in wenigen Tagen ist der Krieg verloren. Das hat mir mein Hermann mehrfach betont – er ist nicht umsonst Verbindungsoffizier vom »Führer« zu Himmler, dem Reichsführer SS. Willst du den sexhungrigen russischen Bestien in die Hände fallen und dich in Moskau als Liebling des Deutschen »Führers« wie eine Puppe ausstellen lassen? Du musst völlig verrückt geworden sein, den Verstand verloren!"

„Nein, nein meine liebe Gretl, Adolf hat mich angerufen – er möchte mich noch im Monat April heiraten – richtig zur Frau machen – im »Führerbunker« in Berlin!"

„Das ist ja ein dolles Ding, genau so verrückt wie deine Reise nach Berlin – dein Todesurteil!"

„Aber Schwester, liebste Gretl, sieh doch nicht alles tiefschwarz, es gibt im tiefsten Dunkel immer wieder das große Erlebnis eines unerwarteten Lichtes – wenn auch sehr klein, zugegeben."

„Hast du deshalb dieses Gespräch gesucht – möchtest du, dass ich dir rate? Wach auf, mein Kind – es ist alles vorbei!"

„Nichts ist vorbei, liebste Schwester:
Die wichtigste Aktion meines Lebens kommt noch!"

„Da bin ich aber wie ein Flitzbogen gespannt. Was kann es denn für mein Schwesterchen Eva noch Wichtigeres geben, als die Heirat mit dem »Führer«, dem allerliebsten Herzensschatz aus glücklicheren Tagen?"

„Jetzt, liebe Gretel, bringst du es auf den Punkt – ich bitte dich inbrünstig, ja voller Demut, dein Versprechen einzulösen."

„Aber, aber liebste Schwester, jetzt machst du mich richtig neugierig. Komm, wir öffnen die zweite Flasche", und der Korken knallt. Beide nehmen wieder einen tiefen Schluck und sehen sich blinzelnd aus geröteten Gesichtern an.

Gretel denkt:

„Wenn Eva schon ihr Leben und ihre Zukunft riskiert, um Adolf Hitler kurz vorm Untergang des Deutschen Volkes zu heiraten – was kann es noch Wichtigeres zu tun geben, im zerschossenen und zerbombten Berlin?"

Eva denkt:

„Wird meine Schwester Gretl das mir gegebene Versprechen halten? Wird sie mir zu einem Augenblick des absoluten Glücks verhelfen − einem Augenblick in hunderten Gebeten herbeigesehnt?"

Und Eva löst sich aus ihren Gedanken − ergreift wieder das Wort:

„So höre, meine liebe Schwester. Zunächst muss ich dir einige Informationen geben, damit du verstehst, worum es eigentlich geht. Natürlich hast du recht. Meine Reise nach Berlin ist auch gleichzeitig die Reise in meinen Tod. Adolf zitiert mich zur Heirat in den »Führerbunker«, was natürlich die Aufforderung ist, zusammen mit ihm zu sterben. Wahrscheinlich ganz unmittelbar nach dem Treueschwur für's Leben, wenn aus Fräulein Braun Frau Hitler geworden ist. Nach den dramatischen Telefonaten aus dem »Führerbunker« ist damit zu rechnen, dass der Russe noch im Monat April über die Türschwelle des Bunkers tritt. Mir bleiben also für mein Glück noch etwa sechs Wochen − die Tage vom 10. März, wenn ich in Berlin angekommen bin, bis kurz vor den Heiratstermin, wohl Ende April, in denen das Fräulein Braun Gelegenheit haben könnte, einmal bewusst zu leben − ganz bewusst einem besonderen Herzenswunsch zu folgen. Der aber liegt auf mir − tonnenschwer, wie ein ganzes Bergmassiv.

Diese kurze Lebensspanne, betrachtet unter der Gewissheit, dass der Tod von Adolf Hitler und seiner Angetrauten Eva Braun unmittelbar bevor steht, hat natürlich für mich besondere Bedeutung. Man kann bereits nicht nur die Tage, sondern auch die Minuten und Sekunden zählen.

>Ihr sollt euch lieben, ehren, einander treu sein, für einander sorgen − ein Leben lang, bis dass der Tod euch scheidet<, so etwa lautet doch die Heiratsformel, die der Herr Pastor und der Standesbeamte sprechen. Möglicherweise bleiben uns beiden Neuvermählten zwei oder gar drei Tage, an denen unsere Ehe Bestand haben könnte. Denn eines ist doch klar − sobald der

Russe vor'm Bunker steht, müssen Adolf und seine junge Frau Gift nehmen oder zur Pistole greifen.

Eine Ehe, die zwei bis drei Tage dauert – und die beiden Liebenden wissen das schon vorher. Ein »Ja-Wort« unter dieser Prämisse – welch abscheulicher letzter Lebensabschnitt – welch ein Frevel für die von Gott gefügte Heirat...", und während der letzten Worte schießen Eva die Tränen in die Augen. Die Auserwählte des »Führers« weint ganz jämmerlich. Auch Gretel ist förmlich im Sessel zusammengesunken, bringt aber noch seufzend über die Lippen:

„Das ist ja furchtbar – das ist ja schrecklich – du unglückliches Mädchen!"

Beide nehmen wieder einen Schluck aus ihren Sektgläsern und prosten sich zu, nachdem sie sekundenlang die Blicke nach unten geschlagen hatten.

Nach dem Drink richtet sich Eva wieder gerade auf, blickt die Schwester ernst an und fährt mit fester Stimme fort:

„Das Makabre an der ganzen Szene ist:
Die Geliebte des »Führers« Adolf Hitler fährt in das zerbombte, von der russischen Armee eingeschlossene Berlin, zu den letzten Quadratmetern des geschrumpften Großdeutschen Reiches, dem »Führerbunker«, dem einzigen von der Wehrmacht noch gehaltenen Stückchen Boden Deutschlands
**- um zu heiraten
- die Hochzeitsnacht zu begehen
- zwei bis drei Tage mit ihrem Ehemann eine glückliche Ehe zu führen
- nach dieser Galgenfrist sich mit dem Ehemann das Leben zu nehmen
- danach in irgendeinem Bombentrichter verbrannt und verscharrt zu werden mit der**

Gewissheit, dass der Russe die verkohlten Leichen wieder ausbuddelt und die Knochen von Adolf und Eva Hitler für das russische Volk im Moskauer Museum ausstellt!"

„Liebe Eva, erst jetzt wird mir die ganze Tragweite dieser traurigen Geschichte klar – und mit welch ausgeprägtem Gespür für das Wesentliche, du alles vor Augen hast. Ich bin ganz erstaunt, wozu mein Schwesterchen fähig ist, all diese Zusammenhänge für mich deutlich und verständlich zu erklären."

Eva ist ganz blass geworden, und sie antwortet mit klarer, ernster Stimme, jedes einzelne Wort ganz bedächtig aussprechend – ganz so, als hätte jedes folgende Wort eine tiefere besondere Bedeutung:

„Genauso gespenstisch wie meine Dreitagesehe verlaufen wird, genauso gespenstisch waren auch die vergangenen 13 Jahre mit meinem Liebling Adolf. Das einzig Positive an dieser ganzen Horrorgeschichte ist, dass sie in Kürze endet und dass Adolf und ich gemeinsam als Ehepartner zur gleichen Zeit sterben werden – eine Sache, die anderen Ehepartnern praktisch nie beschieden ist. Und dann der Gedanke an die Hochzeitsnacht – etwas, worauf sich alle Frisch-vermählten freuen – wie soll das gehen mit diesem Herrn Hitler,

- **da war nie was und da wird auch nie was sein**
- **auch nicht in unseren beiden letzten Lebenstagen",**

stößt Eva mit sich überschlagender Stimme hervor – Wut und Verzweiflung unüberhörbar!

„Aber Schwester Eva, nun wirst du undankbar, geradezu ungerecht. Viele Jahre der Liebling des mächtigsten Mannes der Erde, worum dich Millionen andere Frauen beneiden – ihre rechte Hand würden sie für eine Nacht mit Herrn Hitler geben!"

„Papperlapapp – du unwissendes fehlgeleitetes deutsches Weib", bricht es regelrecht aus Eva heraus – mit ausgestrecktem Arm und Zeigefinger, gerichtet auf die Schwester. So wütend hat wohl noch niemand das ansonsten ruhige Fräulein Braun gesehen!

„Du kannst klug reden mit deinem schmucken SS-General Hermann Fegelein – jung, erst 38 Jahre, Schwarm aller Frauen – ein richtiger, echter Mann, der dir den Rücken stärkt!

Wie oft hast du mir erzählt, wenn dein Hermann dir das Negligee vom Körper riss und dich nach allen Regeln der Kunst sexuell beglückte – und das mehrfach am Tage mit seinem so außerordentlichen Geschlechtsteil. Du hast förmlich geschrien vor Lust. Besonders berauscht war er dann, wenn du ihn anschließend noch oral befriedigt hast. Eine Sache, die er nach dem Sex jedes Mal forderte – geradezu unersättlich!

Wie oft hast du mir das erzählt – und mir wurde es dann ganz warm zwischen den Beinen. In Gedanken ließ ich mich dann auch lieben von deinem Hermann – kein Wunder, wie plastisch du jede Nuance ausgeschmückt hattest.

Gefühle beim Sex, die einen förmlich verzehren – das ist nur möglich, wenn sich die Partner inbrünstig lieben – **du hast das Glück förmlich gepachtet!**"

„Aber Kind, meinen Hermann mit mir zu teilen, wenn auch nur in Gedanken, das hast du doch gar nicht nötig. Dein Herzensschatz Adolf ist doch auch nicht von schlechten Eltern."

„>Oh, wenn du doch geschwiegen hättest<, hat mal ein Philosoph gesagt. Und manchmal denke ich, du hättest mir die Sexgeschichten mit deinem Hermann besser nicht erzählt. Aber die Wirklichkeit ist – ich habe deinen Sex wieder und wieder verschlungen. Deine Geschichten waren mein Sexersatz für nicht erhaltene

Liebe. Immer wieder fühlte ich deinen Hermann auf mir und fühlte ihn auch in mir – jede Nacht. Deine geilen Geschichten, Bananen und meine Finger haben mich jede Nacht zum Auslaufen gebracht – mich befriedigt … na ja, befriedigt im Sinne des Wortes war ich natürlich nicht, aber meine vorher ungestillte Sehnsucht nach echtem Sex mit einem Mann war danach zumindest ein klein wenig besser zu ertragen. Der Schmerz, der meinen ganzen Körper überzogen hatte, ließ manchmal Augenblicke an Intensität nach und ich war dann imstande, auch an andere Dinge zu denken."

„Das ist ja unglaublich, mein Evchen – warum hast du so gelitten – weshalb bist du nicht schon vorher zu mir gekommen? Ich bin doch deine kleine Schwester."

Und Eva ohne Unterbrechung weiter:

„Drei große Handtücher habe ich mir abwechselnd unter den Po gelegt und nach der »feuchten Bescherung« gewaschen und im Bad aufgehängt. So hat die Aufwartefrau niemals ein beschmutztes Bettlaken gefunden."

„Aber, mein Evchen, hattest du denn in all den Jahren noch niemals richtigen Geschlechtsverkehr?"

„Noch niemals – noch niemals!", bricht es mit erstickter Stimme aus Eva heraus.

Beide wenden sich wieder dem Sekt zu – jetzt schon richtig angetrunken, mit gelöster Zunge, wobei auch Kraftausdrücke fallen, die ihnen zwar bekannt sind, die sie aber niemals im Gespräch mit anderen verwendeten.

„Aber Evchen, hat dich denn in all den Jahren niemals ein Kerl nach allen Regeln der Kunst richtig fertig gemacht? Jede Frau braucht das einmal die Woche – das ist es, was der Frau Zufriedenheit und Ausgeglichenheit beschert."

„Aber Gretel, du weißt doch, was 1898 im österreichischen Leonding geschah? Es ging um eine Mutprobe. Der 9-jährige Adi (Hitler) pinkelte einem Ziegenbock ins Maul. Der Bock schnappte zu und zerteilte mit seinen messerscharfen Zähnen (Abb. 5) Adis Penis in zwei Teile! Seine kleine Eichel bestand danach aus zwei Hälften (Abb. 3 und Abb. 4). Zudem hatte Adi niederschmetternde Erlebnisse – besonders als 19-Jähriger 1908 bei der jüdischen Hure Rebecca in Wien und dann mit seiner geliebten Nichte Geli Raubal vor 1931. Das passierte alles, bevor ich mir 1930 den Herrn Hitler schnappte, das weißt du doch, Gretelchen. Die sexuelle Ablehnung dieser beiden Frauen wegen seiner Penisverstümmelung hat ihn dermaßen gekränkt, dass er nicht mehr in der Lage ist, das, zugegebenermaßen merkwürdige Ding, in den Schoß einer Frau einzuführen."

„Na ja, ich verstehe ... aber wie macht ihr das denn all die Jahre? Jeder Mann und jede Frau benötigen des Öfteren den sexuellen Höhepunkt. Bei Nichterfüllung wirft das die Partner psychisch völlig aus der Bahn – ist doch allgemein bekannt. Nun, liebe Eva, verzeih mir die Frage – wie macht ihr es denn ... du und dein Adolf? Jetzt, wo wir beide vom Alkohol richtig einen im Kahn haben, sollte diese Frage ja erlaubt sein!"

„Nun, liebe Gretl, und hier sogleich die Antwort – und die Antwort ist ganz einfach: Jeden Freitag um Mitternacht, nach dem Filme gucken, besuche ich meinen Liebling in seinem Schlafzimmer, vorher in München, jetzt hier auf dem Berghof. Er begrüßt mich dann nicht mit Liebling oder meinem Kosenamen Tschapperl, sondern sagt:

>**Kommst du zum Kuckuck-Spielen** – auf dem Tisch steht dein Glas Sekt.<

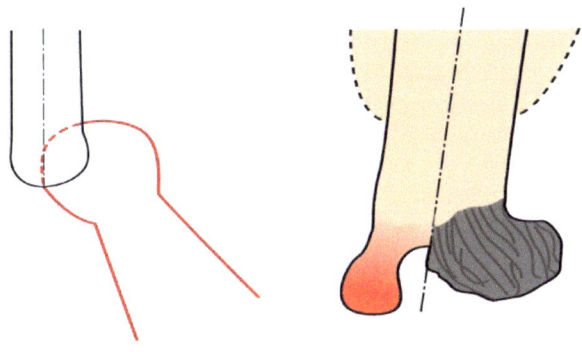

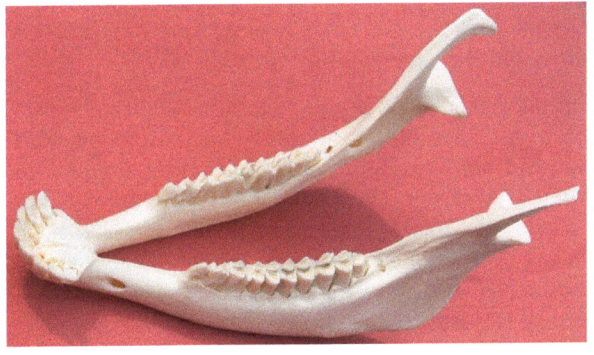

Abb. 3 (links oben)   Schema, Biss des Ziegenbocks in den Penis des 9-jährigen Adi.

Abb. 4 (rechts oben),   Schema, veränderter Penis nach dem Biss, nach der Idee des Autors.

Abb. 5 (unten)   Foto eines Ziegenbockkiefers, scharfe Zähne vorn (Foto H. Neubacher).

Alle drei Abbildungen entnommen »Adolf Hitler Das Böse« − und die Rache des Ziegenbocks von Leonding [3]*.*

---

[3] *»Adolf Hitler Das Böse« − und die Rache des Ziegenbocks von Leonding, BoD, 2018, Seite 85.*

Er nennt das, was nun folgt, »Kuckuck Spielen«. Er geht sogleich zum Sessel, über dessen Lehne er ein großes Handtuch gehängt hat. Er trägt jedes Mal ein übergroßes seidenes weißes Nachthemd. Ich komme im Morgenmantel — nichts darunter. Dann trinke ich das Glas Sekt während er schon drängelt: >**nun mal los!**<

Ich streife den Morgenmantel ab und krieche an seinem gekrümmten Rücken unter das übergroße Nachthemd. Ich drücke mich schmachtend und in völliger Nacktheit an seinen Rücken und lecke schmatzend seinen rückwärtigen Halsansatz. Derweil beginnt er zu masturbieren — indem er rhythmisch das vom Ziegenbock verformte Glied bewegt, vorher eingerieben mit einem Gleitöl.

Mit der linken Hand ergreife ich seine Hoden — wobei ich nicht sicher bin, ob da tatsächlich zwei sind. Und während ich den Hodensack kraule, lege ich meinen rechten Arm um ihn herum und streichle mit den Fingern die rechte Brustwarze. Während ich seinen dicken Schwanz lobe, stammelt er träumerisch von den Riesentitten und dem Knallarsch der Hure Rebecca bei seinem Besuch in Wien als 19-Jähriger. Auch die geile Nichte Geli taucht in seinen gestammelten Sexphantasien auf. Das dauert bei den nicht zu überhörenden schmatzenden Selbstbefriedigungslauten so zwei Minuten — nicht lange — höchstens drei Minuten. Dann schreit er vor Lust auf und spritzt gegen das Handtuch an der Sessellehne.

Das war's dann — wischt sich mit einer Serviette und einem zweiten Handtuch den Samen vom Gemächt und den Händen, legt sich ins Bett und zieht die Zudecke über das Gesicht — ohne auch nur ein einziges Wort zu sagen. Ich räume alles fein weg, wasche später das beschmutzte Handtuch vom Sessel und schlüpfe in meinen Morgenmantel. Ohne ein Wort verlasse ich das

Zimmer und ziehe die Tür leise hinter mir zu", Eva macht eine längere Pause und ergreift erneut das Wort:

„Ich habe sogar einmal die Frechheit besessen, selbst etwas Neues, ein wenig Aufhellendes in unsere eingefahrene **Sexkuckuckslethargie** zu bringen, einen Vorschlag – einmal sage ich dir, ein einziges Mal, habe ich es gewagt, liebe Gretl – und niemals wieder!

Ich habe Adolf gefragt, ob er vielleicht daran Freude finden könnte, wenn ich ihn im Bad dusche – überall einseife und mit einem Schwamm zärtlich abrubbel – von oben bis unten. Ich habe angeführt, dass die Frauen asiatischer Völker, wie aus Japan, China und Siam, dafür bekannt sind, Ihre Männer im Bad zu verwöhnen. Im Geheimen hatte ich mir ausgemalt, dass Adolf daran Gefallen findet. Ich glaubte sogar, dass diese Neuerung in unserem Intimleben ihn inspiriert, selbst einige Ideen umzusetzen, so dass auch ich dem Einerlei des besagten K-Spiels nicht mehr ausgeliefert bin. Frau Albert Speer hat mich mal zur Seite gezogen und mir den Tipp von den asiatischen Frauen gegeben. Sie war ja öfter mit den Kindern auf dem Berghof – hat wohl gemerkt, dass ich unglücklich war. Die einzige aus unserem bekannten Zirkel, mit der ich mal sprechen konnte – die einzige, neben dir, liebe Gretl. Außer meinen drei Selbstmordversuchen am Anfang unserer Beziehung war dieser Badevorschlag die einzige Initiative von mir, in das Zusammenleben von Adolf und mir einzugreifen – mit dem Wunsch, etwas zu verändern.

Und die Antwort kam prompt und besonders scharf. Dazu wurde Adolf sehr ernst – ungewöhnlich ernst mit herausquellenden, stechenden Augen, ganz so, als müsste ich jetzt für eine besonders böse Tat eine Strafe erwarten. Und genauso war mir zumute – immer mehr eingesunken im Sessel in Adolfs Arbeitszimmer, beim Nachmittagstee auf dem Berghof.

Mich drückten eine übergroße Last und ein plötzliches Schuldgefühl! Mir war sofort klar, dass ich einen großen Fehler gemacht hatte, obwohl die Situation so war, dass ich eigentlich in mich hätte hineinlachen müssen: Wie konnte ich meinem »Führer«, dem mächtigen »Führer« der Deutschen – **König Adolf** einen Rat geben, ohne vorher diesen Rat vom Adjutanten Bormann prüfen zu lassen? Und jedem Menschen ist doch eigentlich der weise Spruch bekannt:

>Geh nicht zu deinem König, wenn du nicht gerufen wirst!<", und Eva macht eine kurze Pause, ehe sie weiterspricht:

„Und mein Herzensschatz begann zu sprechen – ein Herz tausende Meilen entfernt, genauso wie auch ich in diesem Moment lieber am Äquator gewesen wäre, statt der gegenüberliegenden Tischseite!

>Mein liebes Kind<, begann Adolf mit seiner sonoren Stimme, mich weiterhin mit seinen stechenden Augen fixierend…", weiter kommt Eva nicht, denn Gretl fällt ihr ins Wort:

„Schwester, Schwester sprich weiter – ich platze vor Neugier, was da noch kommt!"

„>Mein liebes Kind<, Adolf nochmal, >alle Schlitzaugen, und dazu gehören nun mal alle Asiaten sind Untervölker und werden in Zukunft den Ariern dienen. Auf Schlitzaugen kann man sich niemals verlassen – und allein aus diesem Grunde sind Ratschläge von ihnen völlig ungeeignet – auch, wenn sie sich nur auf das gemeinsame Baden von Mann und Frau beziehen. Schon im Jahre 955 haben die nordischen Völker die Gefahr der sich wie eine Seuche ausbreitenden schlitzäugigen Mongolen erkannt und diese dann unter Anführung Kaiser Otto des Großen mit vereinten Kräften der Ritterschaft in der Schlacht auf dem Lechfeld vernichtet. Eine Gefahr für unser Europa, wie die damalige Bedrohung aus dem Osten darf es niemals wieder geben.

Und im Übrigen, meine liebe Eva, sollten der arische Mann und die arische Frau die ihnen angeborene und über Jahrtausende gepflegte Scham zwischen den Geschlechtern nicht plötzlich über Bord werfen. Auch im Bett und im Bad sollten wir uns stets bekleiden, damit wir uns nicht voreinander schämen müssen – wir sind doch keine Tiere!<"

Beide Frauen machen eine weitere kleine Pause, ehe Eva wieder das Wort ergreift:

„Nun, meine allerliebste Schwester Gretl, komme ich zum Kern unseres heutigen Gespräches – nochmals danke für deine Geduld und dein Verständnis.

Du kannst dich noch sicher erinnern an den Augenblick, an dem du mich um meine Mithilfe gebeten hast, den großen Adolf Hitler umzustimmen. Du lagst auf deinen Knien, meine Beine mit deinen Armen umschlungen. Du warst völlig aufgelöst und heultest wie ein Schlosshund. Adolf hatte deinem Heiratswunsch mit Hermann Fegelein nicht zugestimmt. Du batest mich inständig, dass ich mich bei Adolf für eure Heirat einsetzen sollte. Wörtlich sagtest du unter einem Schwall von Tränen, meine Beine mit deinen Armen mit aller Kraft umspannend:

>Liebe Eva hilf mir – meine Liebe ist so groß, dass ich ohne unsere Heirat nicht mehr weiterleben möchte. Meine Liebe zu Hermann ist geradezu unendlich groß, und solltest du dich für mich einsetzen, so wäre ich dir, Schwesterchen, für immer dankbar. Und solltest du Adolf tatsächlich umstimmen können – ich würde dich täglich in meine Gebete einschließen.

Jeden Wunsch von dir werde ich erfüllen – jeden Wunsch von dir, dessen Erfüllung in meiner Macht liegt. Ich werde dir ein Leben lang zu Füßen liegen

und immer für dich da sein − das ist ein Versprechen!<

Du weißt, liebe Gretel, dass es mir gelang, den zunächst störrischen Herrn Hitler umzustimmen. Er gab sein Einverständnis und alles ging seinen bekannten Gang. Ich stattete deine Hochzeit für den 3. Juni 1944 in unseren herrlichen Alpen auf dem Berghof aus, als wäre ich die Braut. Im Geheimen träumte ich von meiner eigenen Märchenhochzeit. Der »Führer« des Deutschen Volkes und Königin Eva mit einer zierlichen Goldkrone im Haar als Liebling und Mutter aller Deutschen. Naja, mein Hochmut bleibt nur ein Traum. Wie du weißt, lehnt Adolf jede Ehe ab,

>meine Ehefrau ist Deutschland − ich bin verheiratet nur mit Deutschland<, so seine in der Öffentlichkeit des Öfteren hinausposaunte Aussage − gerichtet an die ganze Welt."

Eva holt tief Luft, geht zur Sprechanlage, die mit der Küche verbunden ist, und bestellt belegte Brote, eine weitere Flasche gekühlten Sekt und eine große Flasche Mineralwasser.

Keine fünf Minuten sind vergangen und es klopft an der Zimmertür.

Auf Evas freundliches

„Herein!", wird die Tür geöffnet und ein hübsches Mädchen in Bedienungsuniform tritt ein mit einem leisen

„Guten Abend, gnädiges Fräulein Braun, guten Abend Frau Fegelein", geht zum Tisch, stellt die Brote und die zwei Flaschen ab und sagt:

„Schöne Grüße vom Leiter Berghof Herrn Döring, ich soll ihnen Ausrichten, dass er gerne auch bis morgen früh in der Küche bleibt und dafür sorgt, dass die

Wünsche der Damen erfüllt werden – egal wie lange die Besprechung dauert."

Das Fräulein macht auf dem Absatz kehrt, sagt freundlich

„Gute Nacht", und zieht die Tür leise hinter sich zu.

Nachdem Eva und Gretl im Bad waren, um sich frisch zu machen, knallt schon wieder der Korken und beide Frauen prosten sich erneut zu – diesmal aber Sekt verdünnt mit Mineralwasser, nach dem Verzehren von jeweils zwei Schnitten belegtem Brot.

Gretl sieht die Schwester erwartungsvoll an und Eva eröffnet das Gespräch von neuem:

„Lass mich an das vorher Gesagte anknüpfen, liebe Gretl. Dazu lass mich hervorheben, dass dein Traum, im Gegensatz zu mir, in Erfüllung ging. Und eure tiefe, innige Liebe war für jedermann sichtbar – die vor Glück strahlenden Gesichter sagten alles.

Was war geschehen?

Der Soldat Hermann Fegelein und Margarete Braun, das Kind eines unscheinbaren Schulmeisters, waren nun aufgestiegen in die allerhöchste Spitze des Deutschen Reiches. Hermann Fegelein wurde ganz plötzlich über Nacht so gut wie der Schwiegersohn und Magdalene Braun praktisch die Schwiegertochter des mächtigsten Mannes auf unserer Weltkugel – ein märchenhafter Aufstieg aus dem Nichts. Weiteres überhöhtes Ansehen und ein traumhaftes Gehalt ließen nicht lange auf sich warten. Nur 18 Tage nach der Aufnahme in die Familie Hitler, beförderte Adolf deinen Hermann am 21. Juni 1944 zum Generalleutnant der Waffen-SS. Das nennt man dann »echten Familiensinn«!

Danach war das junge Paar auch gerne gesehen im inneren Kreis, im Zirkelschlag der Macht – einer kleinen Gruppe ausgesuchter Personen wie z. B. Albert

Speer mit Ehefrau, Martin Bormann, Dr. Morell, dem Haus- und Hoffotografen Hoffmann sowie auch deinem lieben Vater und deiner Mutter – und auch du, liebe Gretl gehörtest dazu.

Alles in allem ist dir, liebe Schwester, nach deiner Märchenhochzeit mit dem Prinzen Hermann auch ein märchenhafter Sprung in die höchsten Sphären des Nationalsozialismus gelungen.

So, liebe Gretel, nun ist auch der Moment gekommen, wo ich fordere, dass du dich erkenntlich zeigst. Löse dein Versprechen ein, für deine Schwester alles zu tun und immer für sie da zu sein."

Und nun mit eindringlicher Stimme, der Schwester Gretel ernst in die Augen blickend:

„Gib mir deinen Hermann
nicht für eine Nacht,
auch nicht für eine Stunde,
gib mir deinen Hermann nur ein
einziges Mal für fünf Minuten!"

Und Eva weiter mit eindringlicher aber ruhiger Stimme:

„13 Jahre – das sind 4.745 Nächte, gehe ich schon unbefriedigt schlafen. Ich sehne mich schon so viele Jahre nach richtigem Geschlechtsverkehr mit einem echten Mann. Im Sinne deiner Erzählungen spielt dabei in meinen Phantasien dein Hermann die Hauptrolle. In mir schreit der Wunsch nach einem richtigen Männerschwanz – Hermanns Schwanz – riesengroß und unersättlich! Der Gedanke an einen großen Penis zerreißt mich förmlich – jede Minute, jede Sekunde – 13 Jahre lang. Manchmal denke ich, ich sei der Mittelpunkt der Welt und der Himmel würde auf mich herabstürzen. Ein Gefühl zwischen meinen Beinen, das zum Kopf jagt und über die Nervenbahnen wieder zurück zwischen meine Beine strömt – ich könnte zerplatzen, so stark ist der entstandene Druck!

Einmal in meinem Leben möchte ich einen richtigen Mann in mir spüren– nur ein einziges Mal!

Ich verspreche, dass mich danach kein Bediensteter mehr als unausgeglichen, aufbrausend und ungerecht bezeichnen wird.

Ich habe mir alles genau überlegt:

Ich kann es nur machen mit Hermann und es wird auch nur dieses eine Mal sein – heiliges Versprechen. Du weißt, Hermann und ich können uns gut leiden, und er ist verschwiegen wie auch du, mein Schwesterlein. Und das ist ja auch unbedingt notwendig, bei all den Augen und Ohren im »Führerbunker«, zu dem ich in Kürze reisen werde.

Während Adolf dort mit seinen Generälen im Besprechungszimmer (Abb. 2, Zimmer 9) tagt, werde ich den Hermann in meinem Schlafzimmer (Abb. 2, Zimmer 11) erwarten.

Den Schlüpfer bereits heruntergezogen, bücke ich mich nach vorne und Hermann kann mich von hinten nehmen! Das Ganze dauert zwei, drei oder gar vier Minuten – dann ist der glücklichste Moment in meinem Leben Geschichte, aber zugleich auch Gegenwart und Zukunft.

Hermann geht danach sofort, und ich habe nicht nur fast 5.000 Nächte davon geträumt – ich habe es gemacht und weiß nun wie es geht.

Mit 33 Jahren kann ich nun zufrieden sagen:
›Ich bin eine Frau – das Fräulein Braun war gestern!‹

Ich zerspringe förmlich. Ich weiß dann, welch herrliches Gefühl es ist, wenn sich die Frau und der geliebte Mann vereinigen und im Liebessaft förmlich ertrinken. Ein Gefühl, das ja wie ein Gesetz Milliarden Frauen auf der ganzen Erde zusteht.

So, liebe Schwester, ich kann nunmehr vor den Herrn Pfarrer und den Standesbeamten treten, um dem »Führer« den Schwur für ein Eheleben zu geben – ein kurzes zwar, um Stunden danach zu sterben.

Ich bin sicher, dass sich die Seelen von Adolf und mir wiederfinden und die verpassten Ehejahre nachgeholt werden können. Ich bin auch sicher, dass wir den Herrn Jesus und die Mutter Maria treffen. Nach nahezu 5.000 unglücklichen Nächten ist mein Traum vom Glück dann endlich wahr geworden. Auf meinen Ehemann und auf mich wartet ein erfülltes, niemals endendes schönes Leben im Himmel.

Kapitel 3: Lüge, Betrug, Verrat
– der Liebestraum zerplatzt

Adolf Hitler und Eva Braun haben Kaffee bzw. Tee getrunken. Es ist 15.30 Uhr am 29. April 1945 und beide sitzen in Hitlers Wohn- und Arbeitszimmer (Abb. 2, Zimmer 13) im »Führerbunker« in Berlin – er auf dem Sofa, sie ihm gegenüber in einem der beiden Sessel. Auf dem Tisch stehen zwei kleine Flaschen – eine gefüllt mit Sekt, eine mit kohlensäurefreiem Mineralwasser. Eva schenkt das Wasserglas halb voll mit Mineralwasser und das kelchförmige Glas mit Sekt bis zum Rand. Beide Personen sehen sich in die Augen, prosten sich zu, nehmen einen kleinen Schluck, er Mineralwasser, sie Sekt. Nachdem sie die Gläser abgestellt haben, lehnen sich beide zurück – Eva mit einem erwartungsvollen Blick an Hitler gerichtet – er die Augen niedergeschlagen. Und man merkt, wie er nach Worten sucht, passend für diese merkwürdige Situation.

„Das ist mir ja noch nie passiert – noch niemals zuvor musste ich in meinem bisherigen Leben nach Worten suchen", denkt Hitler. Er sieht seine Eva prüfend an und beginnt das Gespräch:

„Ja, meine Liebe, jetzt sind wir schon über 14 Stunden verheiratet – ein Ehepaar – Mann und Frau! Habe seit 1.30 Uhr, als wir uns das Ja-Wort gaben, wenig geschlafen, freue mich aber, dass wir nun ein paar Minuten Zeit haben – nur für uns."

„Ja, mein »Führer«, ich bin ja so glücklich", antwortet Eva und lächelt ihr Gegenüber erwartungsvoll an.

„Na, na meine liebe Frau – lass den »Führer« und nenne mich in den letzten uns verbleibenden 24 Stunden Adi, so, wie mich meine Mutter, meine Lehrer und meine Schulfreunde 1898 in Leonding nannten – ein aufgeweckter Junge mit neun Jahren. Wir sind ja nun unter uns und können deshalb durchaus etwas persönlicher werden. Leider habe ich im Moment besonders wenig Zeit für dich, weil sich die Dinge überschlagen. Regieren, Krieg und Testament – alles fällt plötzlich im Minutentakt zusammen. Viel lieber würde ich mich mit dir, liebste Ehefrau, zusammensetzen und mich für die Jahre unerschütterlicher Treue bedanken. Noch lieber würde ich über eine Zukunft nach dem gewonnenen Krieg mit dir plaudern – die »Neue Zeit«, wenn aus Frau Eva Hitler »Königin Eva von ganz Europa« und später der Welt wird:

Königin Eva, »Mutter der Neuen Nation der Arier«, den Herrenmenschen und den viele Millionen Sklaven.

Bereits 1942 habe ich für die Zeit nach dem Endsieg für die Verwendung der uns zugefallenen Früchte klare Gedanken und Anweisungen formuliert, die ich dir, mein Liebling, in Kurzform erläutern möchte:

Grundsätzlich kommt es darauf an, den riesenhaften Kuchen handgerecht zu zerlegen, damit wir ihn

- erstens beherrschen,
- zweitens verwalten und
- drittens ausbeuten können.

Das trifft besonders auch auf das englische Volk zu mit ihrem unbelehrbaren Anführer Churchill — wo es immer wieder Anlass gab, sich über diesen merkwürdigen Herrn zu ärgern. Es ist geplant, alle wehrfähigen Engländer zwangsweise zu deportieren und auf dem Kontinent zur Arbeit zu zwingen.

Leider endet dieser Traum vom Riesenreich der Arier bereits in 24 Stunden — morgen — wenn russische Soldaten auf deinem Sessel und meinem Sofa sitzen. Du hörst draußen das Krachen der russischen Geschütze — ganz nah und eingekesselt das ganze Berlin. Das Deutsche Volk war leider nicht stark genug, meine Vision zu erfüllen. Das Volk hat sich als zu schwach erwiesen, dem Feind von Ost und West zu widerstehen. In normalen Zeiten des Krieges verloren wir 65.000 Soldaten in jedem Monat, die deutsche Frau war aber nicht in der Lage, auf lange Sicht auch nur annähernd dieses Kriegsmaterial durch stramme Söhne zu ersetzen. Dass es doch ging, zeigte mit übergroßer Treue Frau Goebbels — sechs prächtige Kinder sind der Beweis — geradezu vorbildlich.

Doch leider überwiegen die negativen Vorkommnisse — sie reichen von Ungehorsam bis Verrat:

Selbst Albert Speer, einer der Treuesten, hat mich am Ende verraten. Er war kürzlich hier, um mir Auge in Auge zu sagen, dass er meine Befehle nicht ausgeführt hat, das Deutsche Volk zu bestrafen und ihm wichtige Infrastrukturen wie Bahnen, Straßen, Elektrizität, Wasser und Fabriken durch Zerstören zu nehmen.

Der dicke Göring, eitel und heroinsüchtig, möchte an meiner Stelle Kanzler des 3. Reiches werden.

- Er, der versprach, alle englischen Flugzeuge vom Himmel zu holen.
- Er, der versprach, im Winter 1942/1943 die letzten 100.000 Mann im Kessel von Stalingrad aus der Luft zu versorgen!

Der Reichsführer SS Heinrich Himmler führt auf eigene Faust über den Schwedischen Grafen Bernadotte Friedensverhandlungen.

- Mein treuer Heinrich
- ein Verräter!

Der Schwächling Generalfeldmarschall Paulus ergibt sich Januar 1943 im Kessel von Stalingrad, entgegen meinem ausdrücklichen Befehl, durchzuhalten. 90.000 meiner besten Soldaten gehen in russische Gefangenschaft und damit in den sicheren Tod. Mein Durchhaltebefehl an Paulus war als Motivation, Ansporn und Stärkung gedacht für die kämpfenden Soldaten an allen Fronten und die Kämpfenden in der Heimat. Der heldenhafte Kampf der eingeschlossenen 6. Armee im fernen Russland sollte als großes Vorbild wirken und in den deutschen Linien weltweit neue Kräfte mobilisieren … doch das Gegenteil war der Fall. Die feige Fahnenflucht eines deutschen Generalfeldmarschalls läutete das Ende ein.

Das Wort Niederlage der deutschen 6. Armee brannte sich unauslöschbar in die Hirne von Millionen Deutschen ein und nahm ihnen zunächst den Kampfeswillen und danach auch die Kampfeskraft.

Doch nun, meine liebe Ehefrau, mein »Tschapperl«, komme ich zum Schlimmsten aller Versager:

Hermann Fegelein, Generalleutnant der Waffen-SS, unser angeheirateter Verwandter und Ehemann deiner Schwester Magdalene. Du weißt noch, liebe Eva, ich hatte von Anfang an große Bedenken und wollte der Verbindung nicht zustimmen. Jetzt ist es tatsächlich so gekommen, wie ich es schon im Geheimsten befürchtete. Dieser, unser Verwandter, hat sich zum größten Verräter aller Zeiten emporgeschwungen. Als Verbindungsoffizier von mir, dem »Führer« des Deutschen Reiches und Oberbefehlshaber der Deutschen Wehrmacht zu Reichsführer SS Heinrich Himmler hat Fegelein sich am 25. April ohne Genehmigung von der Truppe entfernt. Den »Führerbunker« hat er als hochrangiger Offizier in der heikelsten Phase des Krieges verlassen und das auch noch ohne Angabe des neuen Aufenthaltsortes. Hinzu kommt, dass Fegelein über die verräterischen Machenschaften seines Vorgesetzten Heinrich Himmler informiert war.

Das alles zusammen ist gemeinster Verrat am »Führer«, an der Deutschen Wehrmacht und am Deutschen Volk. So war es dann auch folgerichtig, dass wir diesen Untreuen bereits gestern, am 28., gegen Mitternacht erschossen haben. Es geschah auf meinen Befehl hin!

Alle Verräter sollen noch meinen Zorn spüren",

und Hitler gebärdet sich wie jemand, der voller Wut und Enttäuschung an seinen Peiniger denkt – während er Eva mit seinen stechenden Augen anblitzt.

In Sekundenschnelle hat er sich aber wieder gefangen – spricht weiter, das Gesicht gewandelt von teuflisch böse zu väterlich, freundlich.

„Positiv kann ich im Augenblick nur einen hervorheben – da treu, loyal und unerschrocken:

Rudolf Heß, mein Stellvertreter für das Amt des Kanzlers des III. Reiches, ist derjenige, den ich nennen muss unter den Paladinen, die mich Tag und Nacht amtsheischend umschwirrten. Er, mein treuer Freund, war mir schon ergeben, als er mit mir zusammen 1924 die furchtbare Festungshaft in Landsberg am Lech absaß. Wenn auch Goebbels und Bormann in all den

Jahren zu mir gehalten haben, so ist Heß wegen seines ungewöhnlichen Treuebeweises vor allen anderen zu nennen.

Ich habe Heß am 10. Mai 1941 nach England geschickt. Heß flog mit einer Me 45, ohne jede Navigationshilfe in dunkler Nacht, mutterseelenallein nach Schottland. Kurz vor seiner Ankunft hat er zwei englische Jagdflugzeuge abgehängt und ist dann bei Dunkelheit mit dem Fallschirm abgesprungen, als ihm der Sprit ausging. Heß hatte den Auftrag, mit Churchill über unser besonderes Verhältnis Deutschland/England zu sprechen. Mir war zu jenem Zeitpunkt, im Mai 1941, klar, dass England und vielleicht später noch Amerika als Kriegsgegner im Westen gemeinsam mit dem Riesenland Russland im Osten, für uns Deutsche mit unseren wenigen Verbündeten, auf Dauer eine Nummer zu groß sein könnten. Bei Churchill sollte Heß ausloten, unter welchen Bedingungen Deutschland und England ihre Kampfhandlungen einstellen könnten.

Es wurde allerhöchste Zeit, denn »Der Sprung Barbarossa«, der Kriegsbeginn mit Russland war bereits für den 22. Juni 1941 festgelegt. 3.300.000 deutsche Soldaten warteten an der Ostgrenze zu Russland darauf, zuzuschlagen – und es wäre strategisch ungemein wichtig gewesen, im Westen den Rücken frei zu bekommen.

Heß muss ich hervorheben, weil er widerspruchslos für »Führer« und Vaterland sein Leben und auch seine Freiheit einsetzte – denn man konnte mit ziemlicher Sicherheit annehmen, dass er ein Leben lang der Gefangene dieses merkwürdigen Engländers Churchill werden würde. Ein Gelingen der Heß-Aktion habe ich nur mit 5 % von 100 % eingeschätzt.“

„Ja, mein »Führer«, mein lieber Adolf – mein lieber Adi und mein lieber Ehemann“, ergreift Frau Hitler, das jungvermählte ehemalige Fräulein Braun kurz das Wort, in einer kleinen Sprechpause von Adolf Hitler,

„das ist ja alles furchtbar erschreckend für mich als kleines Dummerchen – das ja immer aus der Politik herausgehalten wurde. Trotzdem danke ich dir, mein Liebling, dass du mir die ungeheuerlichen Vorgänge dermaßen verständlich und ausführlich erklärst, obwohl du ja eigentlich keine einzige Minute Zeit übrig hast. Hier, mein lieber Adi, stärke dich bitte mit einem Glas Mineralwasser – hier, trinke bitte", und sie reicht das Glas hinüber.

Während Hitler in kleinen Schlucken trinkt, nutzt Eva ein weiteres Mal die Pause, da sie genau weiß, dass die Chance, im Gespräch mit dem wortgewaltigen »Führer« Hitler ein weiteres Mal zu Wort zu kommen, sehr gering ist.

„Mein lieber Ehemann Adolf – mein herzallerliebster Adi – sind wir beide die einzigen, die einander weiterhin vertrauen können?

Die Geschichte mit unserem Schwager Fegelein erschreckt und betrübt mich auch zugleich – diese Geschichte wühlt mich regelrecht auf, bis ins Innerste. Sind die Vorgänge um unseren Hermann vom Verrat an dir politisch – und du weißt, dass trotz aller gut gemeinten politischen Erläuterungen, Politik nicht mein Ding ist – so hat der Gute nicht nur dich verraten, sondern in ganz besonderem Maße sein Eheweib Margarete, unsere über alles geliebte Gretl."

„Und Gretl ist schwanger von ihm", fällt Hitler seiner jungen Frau ins Wort,

„und du weißt, Evchen, was da in der Berliner Bleibtreustraße passiert ist."

"Wie soll man die Männer verstehen – hilf mir lieber Adi, mein Ehemann – ich kenne ja nur zwei – ich bin ja

36

eigentlich in einer glücklichen Lage – du und mein lieber Vater. Aber hilf mir, lieber Adi, was treibt unseren Hermann in die Arme dieser rothaarigen Hure? Ich bin im Bilde. Man hat ihn ja völlig besoffen von dem Weibsstück heruntergezogen – im Gepäck eine riesige Summe veruntreutes Geld. Ich habe mit dem Kommissar gesprochen, der Hermann verhaftet hat.

Und dann betrügt der Fremdgänger sein liebes hochschwangeres Eheweib auch noch in der BLEIBTREUSTRAßE. Ja, mein lieber Ehemann – ist das nicht makaber – unser flotter Generalleutnant der SS, Hermann Fegelein, sucht sich in Berlin offenbar die einzige Straße unter hunderten Straßen heraus, die er für seine Schandtat für geeignet hält ... mit dem Doppelnamen der Straße: »BLEIB TREU«!"

„Ja, mein liebes Evchen, es ist schon traurig, dass eine eigentlich vorbildliche, bis dahin blitzsaubere Karriere im Feuerhagel der Maschinenpistole, im eigenen Blut liegend auf dem Betonfußboden des »Führerbunkers« enden musste

- mit heruntergerissenen Schulterstücken
- degradiert
- eingegangen in die Geschichte als Verräter und Fremdgänger
- ein junger Mann mit nur 38 Jahren!"

Eva antwortet darauf kurz:

„Er hat ja noch bei mir angerufen, ich solle mich bei dir für seine Freilassung einsetzen. Könnte man dieses Ansinnen noch verstehen, so versteht man diesen Schurken gar nicht, als er mich auffordert den »Führerbunker« zu verlassen und mit ihm zu fliehen – welch ungeheurer Vertrauensbruch, dir, seinem »Führer« und der heiligen Sache der NSDAP und des gesamten Krieges gegenüber. Und dann geht mir immer wieder nicht das rothaarige Weib aus dem Sinn –

weshalb macht der Hermann so was und zerstört damit auch die Bande zu seiner Frau Gretl und dem ungeborenen Kind?

Wie sollte ich mich für das Leben eines solchen Scheusals einsetzen? – Ich, die ältere Schwester der betrogenen Ehefrau. Ich bin immer noch unsäglich verletzt."

Hitler hört sich aufmerksam Evas Argumente an und lässt dann seinen eigenen Gedanken freien Lauf. Während er in kleinen Schlucken sehr langsam eine Flasche Mineralwasser trinkt, beginnt er, seine persönliche Lage zu überdenken.

Er verwendet die kurzen Pausen von einem Schluck zum anderen, um in seinem Kopf einen Wust von angestautem Gedankengut zu ordnen:

Nach außen wirken seine Gesichtszüge, als würde er sich im Augenblick völlig unbeteiligt vom Kriegsgeschehen, nur seiner Flasche Mineralwasser widmen. Doch Leute wie Goebbels und Bormann, die ihren »Führer« Hitler in schwierigsten Situationen studieren konnten, würden sofort bemerken, dass sich in diesem Moment seine Gedanken überschlagen. Diese beiden Mitkämpfer an vorderster Front des Nationalsozialismus, würden sofort erkennen:

>Unser Chef ist überaus angespannt – das Gesicht ist plötzlich knallrot geworden und seine sonst »sprechenden Augen« stieren voller Kälte wie teilnahmslos vor sich hin!<

„Diese falsche Schlange", denkt Hitler,

„hätte sich in den letzten Wochen ganz anders verhalten müssen. Sie hat sich um mich, meinen Gesundheitszustand und meine Sorgen nicht einen Deut gekümmert. Stattdessen soff die Schlampe Champagner und qualmte eine Zigarette nach der anderen in ihrem

Zimmer, mit Offizieren und Sekretärinnen, während ich nur durch einen Raum von ihr getrennt in meinem Besprechungszimmer eine Hiobsbotschaft nach der anderen vom fast verlorenen Krieg zu ertragen hatte.

Und dann immer wieder Tanz Wange an Wange mit ihrem »Stecher«, dem Verräter Fegelein.

Das Partyfeiern ging ja schon los in ihrem Haus in München, das ich ihr geschenkt hatte, dann weiter auf dem Berghof, immer dann, sobald mich meine Pflichten woanders hin riefen und ich abreisen musste.

Und jetzt geht das Tag für Tag im Bunker weiter, direkt vor meiner Nase. Dieses Frauenzimmer, von Grund auf eine Heuchlerin, weiß natürlich nicht, dass ich über alles informiert bin − über jede Kleinigkeit.

So habe ich auch das Telefonat von Fegelein mitgehört, als dieser tatsächlich die Frechheit besaß, sie am 26. April nachts aus der Bleibtreustraße anzurufen.

Wörtlich:

>Eva, du musst den »Führer« verlassen, sei nicht so dumm, jetzt geht es

um Leben und Tod!<

Diese Vertraulichkeit passt natürlich zu zweien, die sich einig sind − nur die eine zögert noch abzuhauen, weil sie Angst hat aufzufliegen.

Passt haargenau zu Bormanns und Goebbels Geheiminfo:

Fegelein und Eva hatten kürzlich Sex − mindestens ein Mal!

Und das ist amtlich! Denn als wir wussten, dass das Frauenzimmer Anfang März tatsächlich erneut im Bunker auftaucht, hat Bormann sofort zwei Experten von der SS einfliegen lassen, die bei Nacht eine

Abhöranlage von Evas Zimmer (Abb. 2, Zimmer 11) zu Goebbels Arbeitszimmer (Abb. 2, Zimmer 5) gelegt haben – gute Arbeit, man hört nicht nur jedes gesprochene Wort, sondern auch jedes Räuspern und jeden Schnarchton (Abb. 2, siehe Nr. 16).

Wir wissen ja schon lange, dass meine sogenannte Lebensgefährtin und jener Taugenichts Fegelein seit der Heirat am 3. Juni vergangenen Jahres mit Schwester Gretel, sich vor gegenseitiger Sehnsucht fast verzehren. Und diese beiden Fremdgänger scheuen sich nicht, dieses auch noch vor meinem gesamten Hofstaat öffentlich zu zeigen – sie schämen sich nicht ein bisschen!

So kam meine Einladung zur Hochzeit noch gerade rechtzeitig! Wir wissen aber alle, dass das »Party-Früchtchen« nicht den vorzeitig gealterten, zitternden »Führer« Adolf Hitler sucht, den Lebensgefährten, sondern allein die Geilheit es voller Sehnsucht in die Arme ihres Geliebten treibt. Erstaunlich ist nur, dass diese Geilheit stärker ist als der Russe, unmittelbar vor der Tür mit Bombenhagel, Geschützdonner, Tod und Verwesung.

Egal,

-    das Fräulein Braun ist in die Falle gegangen
-    die Falle hat zugeschnappt und die Beute sitzt drin!

Doch jetzt, wo der Verräter Fegelein sein Evchen schäbig hintergangen hat und mit der Rothaarigen in der Bleibtreustraße rumhurt – da sieht die Sache schon ganz anders aus:

Die jungvermählte Frau Hitler ist tiefgekränkt und wendet sich, ihren Schmerz herausschreiend, dem eigenen Ehemann zu, weil der strahlende Held Fegelein sie schmählich verstoßen hat.

Jetzt ist das Fräulein Braun alleine

- keine Freunde
- Mutter und Vater weit entfernt
- die Schwester Gretl nicht greifbar
- innerlich bereit zu sterben
- nunmehr sterben mit dem »Führer« und Ehemann
- betrogen, verlassen, verstoßen von einem billigen Fremdgänger!

**Was bleibt für das ansonsten so lebenslustige
Fräulein Braun
ist tödliche Leere!**

Ich, der »Führer« Großdeutschlands muss also kurz vor dem Ende erkennen, dass mich nicht nur Göring, Himmler und Speer verraten haben, sondern dass mir meine nach außen hin über 13 Jahre lang vertraute sogenannte Lebensgefährtin mit angezogenen Knien in den Rücken gesprungen ist

- **schäbig, undankbar und heuchlerisch!**

Zur Strafe habe ich sie in den Stunden nach unserer Heirat nicht ein einziges Mal »Frau Hitler«, »meine Frau« oder »meine Ehefrau« genannt.

Alle Bediensteten und auch meine Soldaten blickten mich nur ungläubig an, wenn ich in ihrer Gegenwart dieses Weibsstück wie sonst auch mit »Fräulein Eva« oder «Fräulein Braun« anredete.

Meinen Mitarbeitern war natürlich klar, dass hier etwas nicht stimmte, und sie wussten auch, was es war. Alle wussten Bescheid – nur diese eingebildete dumme Gans merkte nicht, dass sich mein Verhalten gegen sie selbst richtete.

Als mein Vermächtnis gilt mein Testament. Zusätzlich habe ich strikte Anweisungen gegeben, dass nach meinem Tode alles zu vernichten ist, was auf **Frau Hitler** und **Fräulein Braun** hinweisen könnte.

Insbesondere habe ich angeordnet, alle Unterlagen aus ihrer Zeit auf dem Berghof zu zerstören.

Der Name dieses Weibes ist zu zerschlagen und für die spätere Geschichte unkenntlich zu machen!

Nunmehr kann dieses Frauenzimmer mit mir, ihrem »Führer« und Ehemann vereint, als neuvermähltes Ehepaar in den Tod gehen – traurig nur, dass die Ehefrau nicht weiß, dass der »liebende Ehemann« sie abgrundtief hasst!"

Und Hitler übernimmt wieder das Gespräch – ganz freundlich – nachdem er die vorherigen bösen Gedanken einfach in seinem Gedächtnis beiseite gedrückt und das leere Mineralwasserglas zurück auf den Tisch gestellt hat:

„Wie schön hätte alles werden können nach dem Endsieg – auch für uns beide, meine liebe Eva, mein »Dschapperl«. Aber, wie soll ich siegen mit Verrätern und Nichtskönnern an meiner Seite? Diese gewaltige Aufgabe von Krieg und Neuordnung ist nur zu schaffen mit zuverlässigen und fähigen Gefolgsleuten, auch bezogen auf meine Generäle bei der Wehrmacht.

So muss ich eingestehen, dass meine Gesundheit stark gelitten hat. Mein Dr. Morell hatte mich eigentlich ganz gut eingestellt, allen Anforderungen an den »Führer« eines großen Volkes gewachsen zu sein. Doch letztlich ist auch Morell ein Versager. Jetzt, wo es darauf ankommt, die letzten Kräfte zu mobilisieren, stellt sich heraus, dass er all die wichtigen Medikamente, die ich täglich brauche, um stark zu sein, nicht auf Lager hat – schlicht ausgedrückt: Er hat überhaupt keinen Vorrat für den Notfall! Ich habe ihn sofort entlassen, und er wurde ausgeflogen.

Weil ich nun mit nur 56 Jahren mich ohne die Medikamente, von denen ich abhängig bin, fühle, als wäre ich schon 90, muss auch leider unsere

Hochzeitsnacht gestrichen werden – und ich wollte dich, mein Liebling so gerne überraschen – hatte mir schon was Hübsches ausgedacht!"

„Ja, mein lieber Ehemann Adi, wie ist unser schönes Leben abgerutscht – von sehr hoch oben nach sehr tief unten. Nachdem du mir alles erklärt hast, verstehe ich auch, wie es dazu gekommen ist – und merkwürdigerweise bin ich gar nicht traurig – auch nicht darüber, was morgen noch vor uns liegt.

Wir haben doch uns beide, mit unerschütterlichem Vertrauen zueinander, was uns hilft, jenen letzten Schritt zu gehen",

und Eva Hitler weiter:

„Wenn die Geschichte auch traurig endet, so ist es doch wie ein Märchen aus 1001 Nacht: Der erste Mann in einem mächtigen Staate, der Reichskanzler und »Führer« des großartigen Deutschen Volkes, heiratet das kleine Lehrmädchen aus dem Münchner Fotoladen Hoffmann. Ihre Liebe ist so unerschütterlich, dass beide den Tod wählen, da fremde Mächte ihr Glück zerstören – eine wahre Geschichte, die in einem Theaterstück jedem Zuschauer die Tränen in die Augen treiben würde – so entschuldige bitte, mein lieber Ehemann, wenn auch ich jetzt heule wie ein Schlosshund",

und

- Frau Hitler
- die vor 14 Stunden noch das Fräulein Braun war
- steht auf
- geht um den Tisch herum
- setzt sich auf den Schoß ihres Ehemannes Adolf Hitler
- schlingt fest ihre Arme um dessen Brust und Hals
- drückt ihre rechte Wange an die seine
- und weint laut schluchzend!

**Kapitel 4: Abschied von dieser Welt
        – ein unrühmliches Ende**

Die beiden Frischvermählten befinden sich am 30. April 1945 um 15.37 Uhr im »Führerbunker« in Berlin. Sie drehen sich einander zu und blicken sich ein wenig gequält lächelnd in die Augen. Sie sitzen auf dem Sofa – er rechts, sie links. Beide sprechen leise murmelnd ihre letzten Worte in Hitlers Wohn- und Arbeitszimmer:

Hitler:	„Schon merkwürdig – mein 1000-jähriges Reich dauerte nur 12 Jahre und 3 Monate!"
Eva Hitler, geb. Braun:	„Schon merkwürdig – meine Ehe mit dem Reichskanzler und »Führer« Deutschlands dauerte nur 38 Stunden!"
Dann das Ende:	Man hört das Knacken beim Zerbeißen von Hitlers und Evas Gifttabletten – Zyankali wirkt sofort – zeitgleich der Knall aus Hitlers Pistole – die Kugel trifft seine Schläfe … danach nur Ruhe!
	Soldaten und Bedienstete Hitlers, die draußen auf den Schuss warteten, öffnen die Tür zum Zimmer ihres »Führers«…!

Teil II: Werdegang eines Massenmörders
– Das Böse
im Kind – im Jugendlichen
– im Erwachsenen

In den folgenden Kapiteln geben drei Personen Auskunft darüber, wie Hitler »tickt« und auf Kritik ihm gegenüber reagiert. Alle drei zeichnen ein charakterlich sehr düsteres Bild, das bereits im Kindesalter sichtbar wird und sich über die Jugendzeit ins Erwachsenenalter durchzieht. Das äußert sich in außergewöhnlich bösartigen Taten: in einer Steigerung von Tierquälerei, unsäglichem Hass auf Andersdenkende bis hin zum feigen Mord an den Liebsten. Ereignisse, die Hitlers mörderisches, unmenschliches Verhalten aufdecken und bisher ungelöste Geheimnisse zu seiner Person und seinem Umfeld auflösen.

Kapitel 5: Die Gerichtsverhandlung

Vorgeschichte der Gerichtsverhandlung vor dem Heeresgericht Berlin am 1.11.1943.

Im Schützengraben an der Ostfront tauschten sich im Herbst 1943 die Kameraden in den Gefechtspausen über allerlei Geschichten und Banalitäten aus. Der Gefreite Eugen Wasner konnte nicht anders, er gab die Geschichte des Ziegenbocks vor seinen Mitleidensgenossen zum Besten. Er war 1898 in Leonding dabei, als der neunjährige Schüler Adolf Hitler, genannt Adi, den Bock malträtierte. Zudem zweifelte Wasner den Endsieg der Deutschen Wehrmacht an, bezogen auf die Niederlage in Stalingrad bereits im Januar.

Zwei fatale Vorgänge, die einer der Zuhörer dieser Geschichten dem Zug- und auch dem Kompaniechef zu Ohren brachte. Der weitere Vorgang ist schnell dargelegt. Wasner wurde nur wenige Tage später verhaftet und in einem Viehwaggon in mehrtägiger Fahrt nach Berlin gebracht. Hier saß er ein und wurde in den Räumen der Wehrmacht zahllosen Verhören unterzogen. Die Gerichtsverhandlung konnte anberaumt werden.

Es ist ein grauer, verregneter Novembermorgen, als im Heeresgericht zu Berlin am 1.11 1943 die Verhandlung gegen den einstigen Schulfreund Adolf Hitlers beginnt. Genauso trostlos wie dieser kalte Novembermorgen zeigt sich im fahlen Licht der noch leuchtenden Laternen das Gerichtsgebäude. Ein Wagen, dunkel mit verhangenen Scheiben, hält mit quietschenden Bremsen vor dem steingewordenen Alptraum eines Gebäudes, in dem Gerechtigkeit im Namen des Volkes gesprochen werden soll.

Die Türen des Gefängnistransporters öffnen sich, heraus tritt ein Justizbeamter in dunkler Dienstkleidung. Mit schnarrender Stimme fordert er den weiteren Insassen des Wagens auf, sich nach draußen zu bequemen. Seine Mimik drückt Herablassung und nur schlecht überspielten Abscheu aus. Heraus wankt Eugen Wasner in notdürftig geflickter Kleidung, roh gestalteten Holzschuhen, offenem, vergilbtem Hemd und einem zu Boden gerichteten Blick, in dem sich Angst, Verzweiflung und Reste eines verbliebenen Trotzes widerspiegeln. Er stellt in der Tat eine nur noch Mitleid erregende Person dar, die alles Elend dieser Welt auf ihren schmalen Schultern trägt.

Die an dem Verfahren beteiligten Personen stehen zunächst in Grüppchen zusammen. Man unterhält sich leise murmelnd. Ihre Rangabzeichen blitzten selbst im gedämpften Licht des Saals, von den Ehrendolchen des Heeres bei den beisitzenden Richtern und dem Oberstaatsanwalt ganz zu schweigen. Wie auf ein geheimes Kommando hin nehmen ohne besondere

Anweisung alle Beteiligten Platz, Stühle scharren, Akten knistern beim Blättern der Papierseiten.

Der Heeresrichter (**Vorsitzender**), den beiden Wachsoldaten zugewandt, spricht laut und deutlich:

„Meine Herren von der Wachmannschaft, bringen sie den Angeklagten herein – lassen sie uns beginnen."

Beide Wachsoldaten salutieren und verlassen kurz durch eine Tür den Gerichtssaal.

Nach einer Minute fliegt die Tür wieder auf und die beiden Männer schleppen den an Händen und Füßen gefesselten Angeklagten herein. Sie haben den Angeklagten Wasner links und rechts unter den Armen eingehakt und ziehen ihn, so dass die schweren Ketten an den Füßen über den Boden scheppern. An der Anklagebank angekommen, schließt einer der beiden Wachsoldaten ein schweres Schloss an den Füßen des Angeklagten auf und legt die mehrfach um die Füße geschlungene Kette in eine Blechkiste.

Der andere Soldat nimmt die Handschellen ab und legt auch diese in die Blechkiste. Diese schieben sie dann von hinten gegen die Sitzgelegenheit des Angeklagten. Beide setzen den völlig steifen, kleinwüchsigen Wasner auf seine winzige Sitzbank. Beide Wachsoldaten nehmen links und rechts hinter ihm Aufstellung.

Eugen Wasner und sein Verteidiger sehen sich sekundenlang an – kurzes Schulterzucken beim Delinquenten. Der Angeklagte Wasner sitzt eingesunken und übermüdet auf einer Holzbank – wie Erstklässler in der Volksschule. Der Verteidiger, kerzengrade auf seinem gepolsterten Sitzmöbel, starrt nach vorne auf den Heeresrichter. Letzterer ist wesentlich höher platziert und befindet sich unter einem leicht schief hängenden Bild von Adolf Hitler.

Der Staatsanwalt, jung, in seiner feschen Wehrmachtsuniform, richtet seinen leicht gelangweilten Blick auch auf den Richtertisch.

Die Beisitzer haben die Augen nach unten geschlagen, erlauben sich jedoch oft einen abschätzenden Blick, abwechselnd auf den Vorsitzenden, den Verteidiger und den Angeklagten.

Der Richter mustert den Angeklagten, der mit seinen Händen die viel zu weite Hose zu halten sucht. Wasners Kleidung ist abgewetzt vom vielen Waschen und Tragen. Trotz seiner Müdigkeit nach endlosen Verhören im Anschluss an seinen Antransport von der Ostfront irrlichtern seine Augen ängstlich vom Verteidiger zum Staatsanwalt, Heeresrichter und zurück zum Verteidiger.

Die Wachsoldaten stehen bewegungslos rechts und links hinter der Anklagebank und erinnern an Zinnsoldaten.

Das Gesicht des Gerichtsschreibers bleibt unkenntlich, da er gebeugt über einigen Schriftstücken sitzt.

Der große Raum ist kahl, unpersönlich, verstaubt wirkend und ruft durch seine kalte Atmosphäre bedrückende Gefühle hervor. Die große Wanduhr tickt vernehmlich. Der Verhandlungsraum erscheint insgesamt abgewohnt und düster.

Der Richtertisch und der gepolsterte schwere Scherenstuhl aus hochwertigem Nussbaum aus der Gründerzeit passen so gar nicht in den kahlen unpersönlichen Verhandlungsraum. Der Heeresrichter und die ohnehin schon protzigen Möbel wirken nochmals besonders hervorgehoben, da alles auf einem 20 Zentimeter hohen Podest steht.

Alle Anwesenden, außer dem Angeklagten, starren häufig blicklos vor sich hin, ganz so, als ob die Verhandlung zum Tode wieder nur ein Fall endloser

Routine sei. Die ab und zu zur Anklagebank schweifenden geringschätzenden Blicke zeugen von Arroganz und Überheblichkeit. Sie sind wie Halbgötter, die auf den Wurm herabblicken.

Der Heeresrichter erhebt sich, wendet sich dem Angeklagten zu und beginnt zu sprechen:

„Vor Prozessbeginn möchte ich einige persönliche Worte an den Angeklagten richten. Sie, Angeklagter, sind ein Lump, denn nur ein Lump kann sich derart schäbig benehmen. In der äußerst schwierigen und angespannten Lage, in der sich unser Vaterland heute im Herbst 1943 befindet, fallen sie unserem gesamten Volk in den Rücken – dem Deutschen Volk, dem auch sie zumindest bis heute angehörten! Das tun sie nicht durch sogenannte kritische Äußerungen, sondern auf eine geradezu verlogen sadistische Art und Weise. Sie fallen dem Mann in den Rücken, der sich Tag und Nacht in einem geradezu heroischen Kampf den Bolschewisten von Ost und den Kriegstreibern von West unermüdlich entgegenstemmt. Gerade in diesem Moment einer Phase, in der unser Oberkommandierender der Wehrmacht – Vater unseres großen arischen Volkes – jede noch so kleine Unterstützung von jedem deutschen Untertan benötigt, in diesem Moment eines heldenhaften Kampfes stellen sie sich als vereidigter Soldat nicht hinter ihren Oberbefehlshaber. Sie brechen ihren Soldateneid, indem sie den Gehorsam aufkündigen und unseren höchsten Feldherren auf das Infamste beleidigen. Sie unterstützen nicht mit all Ihrer Kraft unseren obersten Befehlshaber, sondern wagen es, unseren geliebten »Führer« auf die allerschäbigste Art und Weise zu verunglimpfen und das Abscheuliche daran ist:

Sie wählen eine geradezu gespenstische, zutiefst verlogene Geschichte! Sie, Angeklagter, sind ein Lump!

Das muss ich ihnen als Soldat vor Prozessbeginn nochmals sagen – ihnen, der unseren heiligen Waffenrock beschmutzt hat. Sie haben damit auch ihre ehemaligen Kameraden zutiefst beleidigt, die aufopfernd an allen Fronten unter Einsatz ihres Lebens um den Endsieg ringen. Hoffen sie nicht auf Nachsicht, Angeklagter, möge sie der gerechte Zorn des Deutschen Volkes treffen! Sie hinterhältiger widerwärtiger Lump! Es lebe unser »Führer«! Heil Hitler! – der Prozess ist eröffnet!"

Der Heeresrichter setzt sich, macht eine kurze Pause – sieht alle Beteiligten sekundenlang an und beginnt erneut zu sprechen:

„Es gilt, hier heute im Gerichtsverfahren »Deutsches Reich gegen Eugen Wasner« Recht zu sprechen vor dem Zentralgericht des Heeres in Berlin. Bevor ich dem Herrn Anklagevertreter das Wort erteile, möchte ich zunächst den Wasner hören. Angeklagter, äußern sie sich zur Person. Stehen sie auf!"

„Mein Name ist Eugen Wasner. Ich bin 53 Jahre alt. Mein Geburtsort ist Leonding bei Linz in Österreich. Mein Beruf ist Buchhalter. Bis zu meiner Verhaftung vor drei Monaten diente ich als Gefreiter in der Wehrmacht – zuletzt an der Ostfront in Rückzugsgefechten."

Weiter kommt Eugen Wasner nicht – der Vorsitzende fällt ihm schroff ins Wort:

„Angeklagter, hören sie auf mit Ihrem Geschwafel – was wieder mal zeigt, dass die kleinen Ränge vom Kriegsgeschehen keine Ahnung haben."

An den Oberstaasanwalt gerichtet:

„Herr Oberkriegsgerichtsrat, als Ankläger der Wehrmacht, tragen sie bitte die Anklage vor, sie haben das Wort."

„Herr Generalrichter, meine Herren beisitzenden Richter, Herr Rechtsanwalt. Vor ihnen befindet sich der Angeklagte Eugen Wasner. Ich bin seit nunmehr fünf Jahren Anklagevertreter – doch so eindeutig wie in diesem Falle fand ich noch niemals eine gerichtliche Sachlage vor. Der Angeklagte fiel bereits mehrfach dadurch auf, dass er vor seinen kämpfenden Kameraden den Endsieg offen anzweifelte. **Kriegsverhetzung** nennt man so etwas – wenn jemand versucht, den eigenen Soldatenkameraden den Mut im Kampf gegen den russischen Untermenschen zu nehmen.

Die Vorgesetzten des Angeklagten handelten völlig richtig und vorausschauend, als sie diesen Sachverhalt an die nächsthöhere Dienststelle weitergaben. Hier sei besonders Herrn Reserveoberleutnant Meier gedankt, der die Straftat aufdeckte. Handelt es sich bereits in diesem Falle um **Hochverrat – zu bestrafen mit dem Tode**, so findet man zu der »Ziegenbockgeschichte«, in die unser geliebter »Führer« Adolf Hitler als neunjähriges Kind hineingezogen wird, überhaupt keine Worte – geradezu absurd! Könnte man diese Geschichte in normalen Zeiten vielleicht mit »dem Gehirn eines Irren entsprungen« abtun, so ist das in dieser Phase des Krieges nicht mehr möglich.

Im Übrigen bezeugt das Gutachten des Herrn Oberarztes der psychiatrischen Abteilung unter Leitung von Prof. Dr. Müller-Hess an der Berliner Universität, dass der Angeklagte nicht irre und damit voll schuldfähig ist. Jedem hier Anwesenden ist diese furchtbar ehrenrührige Geschichte bekannt, die ich dann später noch einmal vorlese, ohne hier näher darauf einzugehen. Da der Angeklagte bereits mehrfach gestanden hat, unseren »Führer« zutiefst beleidigt und diffamiert zu haben, liegt das Schuldeingeständnis bereits vor – und auf die genannten Verbrechen steht die Todesstrafe!“ Mit diesen Worten beendet der Oberstaatsanwalt seine Ausführungen, blickt zufrieden in die Runde und setzt sich. Mit süffisantem Lächeln erhebt sich der Vorsitzende wieder und wendet sich an den Verteidiger:

„Herr Rechtsanwalt Güstrow, sie haben das Wort. Doch beziehen sie sich nur auf das Wesentliche und verschonen sie uns mit nichtssagenden Abschweifungen."

„Herr Generalrichter, meine Herren Nebenrichter, Herr Oberkriegsgerichtsrat – der Angeklagte hat diese absurde Geschichte leider bisher nicht widerrufen. Aber, wenn er zu Wort kommt, wird er dem Hohen Gericht sicher jetzt, wenn auch sehr spät, mitteilen, dass die Geschichte nicht wahr ist. Sie sei allein seiner Fantasie entsprungen, verbunden mit der Absicht, sich vor seinen Kameraden im Feld wichtig zu machen. Dadurch würde der Tatbestand der Wehrkraftzersetzung fortfallen, weil vom Angeklagten die Diffamierung unseres »Führers« niemals beabsichtigt war.

Ich wiederhole: Es ist und war doch lediglich Wichtigtuerei eines kleinen Soldaten, der das Privileg hatte, unseren »Führer« als Kind zu kennen. Zudem macht die Verteidigung mildernde Umstände geltend, da der Angeklagte niemals beabsichtigte, »Führer« und Reichskanzler Adolf Hitler zu beleidigen. Die, seinen Kameraden vorgetragene Geschichte bedauert der Angeklagte zutiefst und entschuldigt sich nochmals bei seinem Kriegsherren Adolf Hitler."

Wieder ergreift der Vorsitzende das Wort:

„Angeklagter, an dieser Stelle müssten eigentlich sie zu Wort kommen, um sich zur Sache zu äußern. Da wir aber in den letzten Monaten die leidige Geschichte, auch aus ihrer Sicht, viele Male durchgekaut haben, wollen wir hier auf eine weitere Diskussion mit ihnen verzichten – das würde für das Gericht nur zu völlig unfruchtbaren Wiederholungen führen, die der

Wahrheitsfindung nicht dienlich sind. Um ihnen und auch uns die ganze Angelegenheit zu erleichtern, werden wir ihnen nunmehr vorlesen, was sie bereits mehrfach zu Protokoll gegeben und vor zwei Tagen nochmals vor drei Zeugen unterschrieben haben. Es ist damit lediglich erforderlich, besagten Protokolltext erneut hier vor Gericht zu bestätigen. Es geht also nur um die Geschichte, die sie ihren Kameraden vor drei Monaten an der Ostfront erzählt haben. Herr Oberkriegsgerichtsrat, bitte lesen Sie den Text des vom Angeklagten unterschriebenen Protokolls der Ordnung halber noch einmal vor."

Der Anklagevertreter verliest sogleich, wobei seine Stimme nicht einmal unfreundlich klingt, das protokollierte und vom Angeklagten unterschriebene Schriftstück:

„Vernehmungsprotokoll des Heeres zu den Beschuldigungen gegenüber dem Gefreiten Eugen Wasner – hier – Aussage des Beschuldigten:

Ich hatte meinen Kameraden gegenüber die derzeitige Lage des Krieges für uns alle als sehr kritisch beurteilt. Insbesondere unsere eigene Situation empfand ich als außerordentlich besorgniserregend, weil wir im Mittelabschnitt der Ostfront immer wieder mit dem Russen in verlustreichen Rückzugsgefechten verwickelt waren.

Unsere Lage war geradezu aussichtslos: **Keine schweren Waffen, wenig Munition, keine Entlastungsangriffe benachbarter Verbände, wenig Essen, schlechtes Wasser, keine Unterkünfte und kein Nachschub.** Die Lage war einfach katastrophal und unsere Stimmung bei der Truppe auch. Zu allem Unglück stand der Winter schon wieder vor der Tür und wie ein Damoklesschwert hing der Untergang der gesamten 6. Armee in Stalingrad im Januar diesen Jahres über uns.

Voller Schrecken dachten wir an die letzten 91.000 Mann einer ehemals stolzen Armee mit 300.000 Soldaten, die geschlagen, verlaust, krank, kaputt, hungernd und ohne warme Kleidung in russische Gefangenschaft gingen – einfach hoffnungslos, wenn man die Niederlage von Stalingrad schon als mit kriegsentscheidend betrachtete. Als ich so meine Besorgnis als kämpfender Soldat äußerte – mich mehr als kleiner Feldherr fühlend, eigentlich nur zur Unterhaltung meines Haufens beitragen wollte, da forderte mich einer meiner Kameraden mit den folgenden Worten auf, doch einmal selbst etwas zu tun und nicht nur zu reden – denn alle wussten inzwischen, dass ich ein Schulfreund unseres geliebten »Führers« aus Kindertagen war.

>Schreibe doch mal an deinen ehemaligen Mitschüler. Sage ihm doch unumwunden, was hier eigentlich tatsächlich los ist. Dein ehemaliger Schulfreund, unser heutiger oberster Kriegs- und Feldherr, wird sicher erstaunt sein, zu erfahren, wie es bei seinen Landsern an der Ostfront tatsächlich aussieht – er, an seinen Karten weiß es sicherlich nicht!< Darauf antwortete ich:

>Ach, der Adolf – der ist ja deppert – schon von klein auf – mit 9 Jahren, wo ihm doch ein Ziegenbock den halben »Zippedäus« abgebissen hat!< Und die Landserkollegen waren sprachlos und staunten über diese Geschichte. Ich wurde durch das immense Interesse meiner Kameraden regelrecht angespornt – stand plötzlich im absoluten Mittelpunkt – so dass ich fortfuhr:

>Jawohl, ich bin doch selbst dabei gewesen. Eine Wette hat er gemacht, der Adi, dass er einem Ziegenbock ins Maul pinkeln würde. Als wir ihn ausgelacht haben, hat er gesagt: >kommt's mit, wir gehen auf die Wies'n, da ist ein Ziegenbock.<

Auf der Wies'n hab ich den Ziegenbock hinten festgehalten zwischen meinen Beinen, ein anderer Freund hat dem Ziegenbock mit 'nem Stock das Maul aufgesperrt, und der Adolf hat dem Bock ins Maul gepinkelt. Grad als er dabei war, hat der Freund den Stock weggezogen – der Bock hat hochgeschnappt und dem Adolf in den »Zippedäus« gebissen. Geschrien hat der Adi da aber fürchterlich und ist heulend davongelaufen."

Nach dieser Verlesung des Protokolls durch den Anklagevertreter wendet sich der vorsitzende Richter mit erstmals eher freundlichen Worten an den Angeklagten:

„Angeklagter, haben sie den soeben gehörten Text wortwörtlich zu Protokoll gegeben?"

„Jawohl, das hab ich erzählt als einen Spaß aus des »Führers« Kindheit."

Wieder hebt der Vorsitzende an, und seine Stimme klingt geradezu väterlich, aber doch irgendwie mit einem gefährlich lauernden Unterton. Alle Prozessbeteiligten spüren förmlich die Gemeinheit und Unehrlichkeit der folgenden Frage, nur der Angeklagte nicht – er tappt in die gestellte Falle, groß wie ein Scheunentor! Immerhin könnte ihn eine bejahende Antwort möglicherweise sogar vor der Todesstrafe bewahren!

„Angeklagter, haben sie sich die Geschichte möglicherweise nur ausgedacht, ihren Kameraden nur erzählt als dummen Scherz?"

Von der Bank des Rechtsanwaltes ist nur ein pfeifendes Ausstoßen spannungsgeladener Luft zu hören:

>Alles verloren< sagt das pfeifende Geräusch! Und der Angeklagte antwortet mit fester Stimme, wobei sich sein schlaffer Körper kerzengerade aufrichtet:

„Nein, das habe ich mir nicht ausgedacht. Was wahr ist, muss wahr bleiben!"

Alle Prozessbeteiligten sehen sich zufrieden an und lächeln. Nur der Angeklagte und sein Rechtsanwalt lächeln nicht. Sie schauen sich in die Augen – doch die vier Augen verstehen einander nicht – zwei Augenpaare sprechen zwei unterschiedliche Sprachen.

Im Gerichtssaal ist es für eine halbe Minute mucksmäuschenstill, man hört nur noch das Geräusch der kratzenden Schreibfeder des Protokollanten und die laut tickende Wanduhr. Nach einer weiteren kurzen Pause eröffnet der Vorsitzende die zweite Runde:

„Herr Oberkriegsgerichtsrat, halten sie für die Anklage das Schlussplädoyer."

Der Ankläger erhebt sich, wobei er mit wichtiger Miene in die Runde schaut, als würden ihm mehrere hundert Zuhörer an den Lippen hängen und nicht wie hier nur fünf bis sechs Personen – und er beginnt:

„Noch niemals vorher war eine Gerichtsverhandlung derart klar – von Anfang an bis hierher zum Schluss, ich kann mich nur wiederholen!"

Und seine an sich bis hierhin angenehme Baritonstimme wird nun geradezu schneidend, obwohl sie nicht lauter wird, aber doch vergleichbar scharf wie ein Messer. Dazu zeigt der Ankläger auch noch mit ausgestrecktem Arm und Zeigefinger auf den Angeklagten.

„Dieser Angeklagte hier hat seine Tat gestanden, eine Straftat, die in der Rechtsgeschichte dermaßen einmalig ist, dass wir sie nach Schluss der Verhandlung und erfolgter Sühne schnellstens vergessen sollten. Noch niemals zuvor wurde ein Feldherr, weder Alexander der Große, Friedrich der Große noch Napoleon, derart beleidigt und das von seinem kleinsten Untergebenen – einem Gefreiten. Im allerschwersten Abwehrkampf gegen den Bolschewismus fällt ein Soldat seinem Kriegsherrn in den Rücken! Heimtückischer und verleumderischer kann eine Lügengeschichte gegenüber unserem »Führer« und Reichskanzler Adolf Hitler nicht sein.

Diese Geschichte ist widerwertig und gleichzeitig zur Schande des ganzen Deutschen Volkes angelegt – zur Schande der vielen hunderttausend Kämpfenden an allen Fronten, wie auch der Kämpfenden in der Heimat. Es liegen damit zwei mit dem Tode zu ahndende Verbrechen vor – nämlich das der Heimtücke und das der Wehrkraftzersetzung. Der Angeklagte hat sich somit schuldig gemacht gegenüber den bereits 1933 geschaffenen »Besonderen Strafgesetzen« – und zwar hier »Heimtückegesetz« und »Kriegssonderstrafrechtsverordnung«. Gegen ein derart gefährliches Individuum, wie es nun einmal dieser ehrlose, ehemalige Gefreite darstellt, müssen das Deutsche Volk und die Wehrmacht geschützt werden – **deshalb beantrage ich für den Angeklagten Eugen Wasner die Todesstrafe!**"

Der Oberstaatsanwalt blickt wieder in die Runde – sehr selbstgefällig – und setzt sich.

Mit schnarrender Stimme ergreift der Vorsitzende erneut das Wort:

„Herr Rechtsanwalt, haben sie noch irgendetwas Wesentliches zu sagen? Man könnte es, wie soll ich es ausdrücken, auch Plädoyer nennen. Also mal los!"

„Hohes Gericht, der Fall ist nicht so klar, wie es der Herr Staatsanwalt hier beurteilt und vorträgt, sondern im Gegenteil werden wichtige Gesichtspunkte, die Herrn Wasner entlasten, einfach ausgeblendet."

Der Vorsitzende fällt ihm schneidend ins Wort:

„Ho, ho, sie blasen sich ganz schön auf, Herr Rechtsanwalt. Sie sind wohl geistig in einer anderen Verhandlung. Nun schlecht, machen Sie weiter!"

Der Oberstaatsanwalt feixt, aber unbeirrt führt der Rechtsanwalt weiter aus:

„Mir erscheint es klar, dass Herr Wasner sich nur vor seinen Kameraden interessant machen wollte. Der hatte doch nie vor, unseren »Führer« auf derartige Weise zu beleidigen."

Der Oberstaatsanwalt fällt dem Rechtsanwalt ins Wort.

„Wenigstens ist es auch bei ihnen angekommen, dass es sich um Beleidigungen und mehr handelt. Hat er schließlich, der Lump!"

„Stellen sie sich doch mal die Situation vor. In den Pausen des Kriegsgeschehens wird zur Erheiterung der Kameraden und zur eigenen Entlastung vor dem Grauen des Krieges der Witz, die Komödie benutzt, um über das Lachen den Alltag des Tötens erträglich zu machen. Der Witz, das Lachen schafft Distanz, das weiß doch jeder, der sich mit Literatur auskennt. Es wird dann auch mal die Fantasie massakriert, um mich mal so auszudrücken – der wollte doch nur angeben, ein kleines Licht, wie er es nun einmal ist."

Darauf der Oberstaatsanwalt mit scharfer Stimme:

„Auch kleine Lichter können Lumpen sein!"

Der Vorsitzende unterstützt den vortragenden Oberstaatsanwalt:

„Gerichtsschreiber, den überflüssigen Exkurs des Rechtsanwalts in die Höhen der Literatur werden sie streichen. Alberne Belehrungen haben in meinem Gerichtssaal keinen Platz. Und sie Herr Staatsanwalt, unterbrechen sie nicht die tragenden Worte des Verteidigers, schließlich erweisen sich Dramen oft als

Komödien, in denen der Hanswurst seine wahre Gesinnung zu erkennen gibt."

Nochmals versucht der Verteidiger zu Wort zu kommen:

„Für den Angeklagten sehe ich, wenn überhaupt, nur eine ganz geringe Schuld. Allerdings hat er zu verantworten, dass aus einer kleinen Kindergeschichte eine geradezu aufgeblasene Supergeschichte geworden ist. Der Angeklagte hätte niemals diese Geschichte seinen Soldatenkameraden erzählen dürfen – auch nicht zum Spaß – immerhin ist in der Geschichte auch unser »Führer« genannt. Deshalb beantragt die Verteidigung, den Angeklagten zu drei Jahren Gefängnis zu verurteilen und die Strafe zur Bewährung auszusetzen, da Eugen Wasner nicht vorbestraft ist."

Rechtsanwalt Dietrich Güstrow ist ein erfahrener Fachmann für Kriegsgesetze. Schon oft hat er in den letzten Jahren im Rahmen einer zunehmenden Schreckensherrschaft des national-sozialistischen Systems Angeklagte herausgehauen – trotz Gefahr für das eigene Leben. Der Rechtsanwalt denkt:

„Doch was soll ich in diesem Falle noch machen? Was kann ich in den wenigen verbleibenden Minuten noch tun? Eugen Wasner hat sich schon von Anfang an vor und während des Prozesses um Kopf und Kragen geredet – wie ein Elefant im Porzellanladen hat er sich aufgeführt – nur noch Scherben!"

Mit erhobener, wenn auch schon leicht gelangweilt klingender Stimme erteilt der Vorsitzende dem Angeklagten das Wort:

„Angeklagter, sie haben das letzte Wort, stehen sie auf!"

Eugen Wasner zuckt zusammen… er scheint überrascht, dass er noch einmal angesprochen wird. Er schreckt regelrecht auf – ganz so, als hätte er bereits mit allem abgeschlossen – ganz so, als befände er sich auf einer Traumreise. Doch hier gibt es keinen Traum, in den man sich flüchten kann. Eugen Wasner befindet sich in der Gegenwart und die Gegenwart ist real und tut weh – sie ist tödlich!

Tod ist ihm angedroht. Das kleine Buchhaltergehirn versteht gar nichts mehr, Tod wegen einer »Ziegenbockgeschichte« aus Kindertagen! Der Angeklagte steht auf, faltet die Hände vor seinem Schoß, stellt sich kerzengerade hin. Doch dann sackt das dünne ausgemergelte Männchen förmlich in sich zusammen: Sitzt zusammengesunken, völlig gebeugt auf seiner Holzbank – niemand hilft!

Der Rechtsanwalt denkt:

„Nichts, aber auch gar nichts hat dieser starrköpfige Angeklagte zu meiner Verteidigungsstrategie beigetragen:

– erfundene Geschichte, Jugendstreich, der gar nicht stattgefunden hat – stark übertriebene Geschichte – einmal Mittelpunkt im Kreise der Soldatenkameraden sein – protzen mit der Tatsache, Schulfreund des großen Feldherrn Adolf Hitler zu sein – angeben mit seinem vertrauten Jugendumgang – alles nur der Fantasie entsprungen – nunmehr:

Echte Reue und großes Bedauern! Nichts, aber auch nichts hat dieser Angeklagte begriffen: Er steht an einer, mehrere hundert Meter hohen Klippe, im Bewusstsein, dass der nächste Schritt den sicheren Tod bedeutet. Doch was macht dieser Mensch? Er vollzieht nicht den rettenden Schritt zurück! Nein, er macht den Schritt nach vorne, öffnet die Arme als habe er Flügel – lächelt und springt!"

Merkwürdig, es scheint so, als versuche der Angeklagte den Vorsitzenden anzublicken, oder blickt er sogar seinem Jugendfreund Adi in die so veränderten mörderischen Augen, die vom Schwarz-Weiß-Foto über dem Vorsitzenden herüberstarren?

Der Angeklagte spricht dem Führerbild zugewandt:

„Bei Jesus und Maria, er hats aber doch getan, der Adi!"

Seine Stimme, leise aber verständlich, wird lauter, und der schmächtige Eugen Wasner erhebt sich auf seinen jämmerlichen Pantoffeln und spricht so laut und deutlich, dass ihn nun alle Anwesenden gut verstehen können – mit einer gehörigen Portion Aufmüpfigkeit, ganz so, wie verletzter Stolz bricht es aus ihm heraus:

„Ich kanns beschwören, bei meinem Leben!"

Der Vorsitzende ist völlig ungehalten, springt auf, wobei er so eine abschneidende Handbewegung macht, die auch zu dem äußerst scharf gefassten Ton passt. Es fehlt nur noch das Wort »Lump« wie kurz vor Beginn der Verhandlung – und er poltert los:

„Nun ist es aber genug! Das ist ja unerhört, was sich dieser Mensch noch alles erlaubt!"

Die drei Heeresrichter stehen auf und verschwinden hinter einer Tür in einem Beratungszimmer. Es vergehen nicht einmal zwei Minuten, und das Gericht kehrt zurück.

Rechtsanwalt Dietrich Güstrow weiß aus jahrelanger Erfahrung:

- Beratungsdauer des Zentralgerichtes des Heeres länger als fünf Minuten mit der Folge: Der Tod geht vorbei!
- Beratungsdauer des Zentralgerichtes des Heeres kürzer als fünf Minuten mit der Folge: Der Strafantrag des Anklägers wird bestätigt!

Alle Beteiligten hören stehend das Urteil des Gerichtsvorsitzenden:

„Im Namen des Deutschen Volkes, wir kommen zur Urteilsverkündung:

Nach eingehender Beratung weist das Heeresgericht die Einwände der Verteidigung als völlig unbegründet zurück und schließt sich vollinhaltlich der Argumentation des Herrn Oberstaatsanwaltes an. Danach hat der Angeklagte Eugen Wasner Deutschlands »Führer« und Reichskanzler Adolf Hitler in übelster Weise heimtückisch beleidigt und verleumdet. Er hat hierdurch und durch weitere defätistische Äußerungen die Wehrkraft des Deutschen Volkes zersetzt. Er wird deshalb mit dem Tode bestraft! Die Verhandlung ist geschlossen – der Verurteilte ist abzuführen!"

Die beiden hünenhaften Wachsoldaten legen ihre Maschinenpistolen auf den kleinen Tisch des Angeklagten, passen ihm wieder Hand- und Fußfesseln an, schultern ihre Maschinenpistolen, greifen dem nun zum Tode Verurteilten unter die Arme und schleppen den unglücklichen ehemaligen Gefreiten Eugen Wasner nach draußen. Und die um die Fußfesseln gewickelten Stahlketten scheppern über den Fußboden, genauso wie beim Hereinbringen in den Gerichtssaal. Die übrigen an der Gerichtsverhandlung beteiligten Personen stehen von ihren Sitzen auf, nachdem sich der Vorsitzende erhoben hat und stehen noch ein paar Minuten, sich unterhaltend beisammen.

Kapitel 6: Die Hinrichtung

In der Hinrichtungsstelle des III. Reiches Berlin-Plötzensee haben sich am 15.11.1943 um 04.25 Uhr zehn männliche Personen eingefunden. Sie stehen an der Guillotine des Gefängnishofes, um den degradierten Gefreiten der Deutschen Wehrmacht Eugen Wasner hinzurichten.

Der betonierte graue Fußboden des Hofes wird von oben mit wenigen Lampen spärlich ausgeleuchtet – trotzdem blitzen die Rangabzeichen der hohen Offiziere im fahlen Licht des beginnenden Morgens. Die gesamte Szene erscheint sehr unwirklich, wobei sich besonders das kalkweiße Gesicht des Eugen Wasner hervorhebt.

Während sich Oberstaatsanwalt, Anstaltsleiter und die Beobachter der SS rechts neben der Guillotine aufgebaut haben – sie stehen stramm – halten die beiden Henker den Wasner an seinen auf dem Rücken zusammengebundenen Armen fest – sie stehen links. Der Pastor befindet sich drei Schritte dahinter – er hält eine dicke Bibel in seinen Händen. Die Henker tragen schwarze Lodenmäntel über ihren Uniformen und vor den Gesichtern Masken. In der Mitte der Personenansammlung steht hochaufgerichtet die Guillotine mit hochgezogenem Fallbeil, das im Licht einer Taschenlampe geradezu verführerisch wie Eis glitzert – Stahl, harter blankpolierter Kruppstahl. Einziges Zubehör ist ein Bastkorb vor der Guillotine für den abgeschlagenen Kopf des Delinquenten.

Der Oberstaatsanwalt tritt etwas vor und beginnt genau mit dem Halbstundengongschlag der großen Uhr um 04.30 Uhr zu sprechen, wobei er sich bemüht einen militärischen etwas barschen Ton zu verwenden. Die Stimme hallt klirrend wider von den hohen Betonmauern, die den Hof umgeben:

„Eugen Wasner, ehemaliger Buchhalter aus Linz und aus der Wehrmacht ausgestoßener ehemaliger Gefreiter, hören sie das Urteil des Deutschen Volkes, verkündet vom Obersten Heeresgericht Berlin. Eugen Wasner, sie haben mit einer von vorn bis hinten erlogenen Geschichte aus Kindertagen über unseren an allen Fronten kämpfenden »Führer« und zusätzlich durch Wehrkraftzersetzung in geradezu unerträglicher Weise, ihren obersten Kriegsherren Adolf Hitler, das Deutsche

Volk und alle Soldatenkameraden in schändlichster Weise verraten. Wegen dieser Verbrechen wurden Sie vor 14 Tagen am 1.11.1943 vom Heeresgericht Berlin zum Tode verurteilt, mit der Festsetzung der Hinrichtung für den heutigen Tag. Verurteilter Eugen Wasner, wollen Sie vor Ihrer Hinrichtung noch etwas sagen?"

Der 53-jährige Wasner schrickt zusammen, er hat gar nicht mehr damit gerechnet, nochmals zu Wort zu kommen, obwohl sein Rechtsanwalt Dietrich Güstrow ihn beim Abschied an der Eingangstür zum Gefängnishof nochmals auf diese Möglichkeit hingewiesen hat. Der kleine, durch die Haft völlig ausgemergelte Gefangene streckt plötzlich seinen fast völlig zusammengesunkenen Körper in die Höhe, stellt sich trotz der auf den Rücken gebundenen Arme kerzengerade hin, nachdem die Henker ihn losgelassen haben. Vom sowieso viel zu großen Anstaltsanzug rutscht unter der schlotternden Jacke die Hose nach unten, wegen fehlenden Gürtels und Hosenträger. Aus brennenden Augen blitzt der Todeskandidat den Oberstaatsanwalt förmlich an, und es schreit aus ihm heraus, leise zwar, aber klar und deutlich verständlich für alle Anwesenden:

„Aber der Adi hat's doch als Schuljunge gemacht – ich war doch dabei! Der Adi hat dem Bock ins Maul gepinkelt – als Mutprobe zu den Sommerferien. Doch dann passierte es: **Urplötzlich schnappt der riesige Bock hoch und beißt dem Adi in den Schwanz, Entschuldigung »Zippedäus«.**"

Wasner spricht wegen eigener Aufregung oben in der Gegenwart.

„Das Irre ist ja, dass dieser Riesenbock nach der Sauerei zur Seite geht, vor sich hin grunzt und seelenruhig anfängt, Gras zu fressen. Der tat so, als wäre nichts, während der Adi brüllte und wegrannte. Wir selbst, meine Freunde und ich, waren geschockt, dass das passieren musste. Wir standen wirklich stocksteif da und kamen gar nicht auf die Idee, dem Adi zu helfen oder den Bock wegzujagen. **So ist es gewesen, Herr Oberstaatsanwalt, das kann ich als gläubiger Christ vor dem Herrgott mit meinem Eid bezeugen – so wenige Minuten vor meinem Tode.** Und noch eins, der Bock konnte doch gar nichts dafür, dass das alles so gekommen ist. Der verrückte Adi, schon damals böse bis ins Mark, musste mit seiner blöden Pinkelidee das Tier quälen. Das hat dem Tier bestimmt keinen Spaß gemacht. Da kommt einem schon der Gedanke, dass diese Bosheit bei Adolf Hitler, ich meine natürlich Adi, auch heute noch vorhanden ist.

Wie kann er denn mich, den Kameraden, ja den Freund aus Kindertagen, in so eine Situation bringen? Heute ein Wort von ihm und das ganze Theater hier hätte ein Ende.

Aber nein, wie damals denkt er nur an sich, verdreht die Wahrheit für den guten Ruf. Mit seiner Macht und Bosheit wird er nicht nur mich, sondern alle, alle zum Teufel jagen!

Wer grundlos den Freund tötet, der tötet auch die Schwester, die Geliebte, den Kameraden und am Schluss tötet er sein eigenes Volk!"

Der Oberstaatsanwalt tritt einen Schritt vor und stampft mit dem eisenbeschlagenen Lederstiefel derart hart auf dem Betonboden auf, dass es laut scheppert, wozu auch sein unwirscher Ton passt, wobei er das Wort ergreift:

„Nun ist es aber genug, sie widerwärtiger Lump! Hören sie auf mit dem Geschwafel und nutzen sie ihre letzten Atemzüge lieber dazu, sich von dieser Welt zu verabschieden. Bevor sie zur Hölle fahren, haben sie laut Gesetz die Gelegenheit, nochmals mit dem hier anwesenden Pastor zu reden. Machen sie's oder machen sie's auch nicht, mir ist das völlig egal."

Der Pastor tritt an Wasner heran und sagt:

„Nun, mein Sohn, nehmen sie gefasst Abschied. Der Herrgott ist mit ihnen. Er nimmt uns alle Bedrückung, allen Schmerz. Er verzeiht ihre Sünden und nimmt sie auf, wie den Kleinsten, den Sündigsten unter uns."

Wasner antwortet mit leiser Stimme:

„Mein Gott, warum hast du mich verlassen? War ich nicht stets dein treuer Diener? Ist nicht die Familie immer deinem Wort gefolgt? Jetzt aber dies, wo die Wahrheit Lüge genannt wird, und die Lüge Wahrheit!"

Mit ernster Miene sieht der Pastor ihn an und ergreift seine Hand:

„Seine Wege sind unerforschlich, das solltest du doch wissen. Versündige dich nicht. Sein Angesicht wacht über dir. Geh diesen letzten Gang mit Würde − Gott ist mit dir."

„Jetzt ist es aber genug", fällt der Oberstaatsanwalt dem Pastor ins Wort,

„wir haben schließlich noch anderes zu tun. Geschwätz und leere Worte halten nur auf, der Gerechtigkeit zum Sieg zu verhelfen."

An den 1. Henker gewandt befiehlt er,

„Henker, walten sie ihres Amtes − und bringen sie dieses Ungeheuer von einem Menschen zu seinem Gott, von dem er spricht, der ja nur der leibhaftige Teufel sein kann!"

An Wasner gewandt:

„Für einen solchen Halunken, wie sie Wasner, ist die Guillotine eigentlich viel zu schade – Verräter wie sie sollten tagelang baumeln, ehe sie tot sind."

Die beiden Henker schleppen den verurteilten Eugen Wasner hinter die Guillotine, schieben den ausgemergelten Körper in liegender Position nach vorne, binden ihn fest. Alle blicken zum Anstaltsleiter, der durch Nicken ein Zeichen vom Oberstaatsanwalt erhalten hat und ebenfalls durch Nicken dem 1. Henker das Kommando gibt, die Todesmaschine durch Umlegen eines Hebels in Gang zu setzen.

Ein fast lautloses, aber doch alles durchdringendes »PLOPP« – das Fallbeil fällt nach unten – und Wasners Kopf liegt im Korb!

Nach einigen Atemstößen der Anwesenden gehen die beiden Henker zum Korb vor der Guillotine, um ihr Werk zu besichtigen. Sie bücken sich über die Öffnung und schauen hinein.

Derweil macht der Oberstaatsanwalt einige schriftliche Bemerkungen zum Ablauf in sein Hinrichtungsprotokoll. Zwei Beobachter der SS, die ebenfalls anwesend sind, beschäftigen sich mit ihrer Filmkamera, während sich der Anstaltsleiter angeregt mit dem Gefängnispfarrer unterhält – die beiden Wachsoldaten stehen unbeteiligt daneben.

Henker 1 greift seinem Kollegen mit beiden Händen auf die Schulter und blickt ihn vielsagend an:

„Na, Bruno, haben wir das nicht wieder profihaft gemacht? Die Nr. 3015 – sieh mal, wie der wieder perfekt gefallen ist, genau mit dem Gesicht nach oben. Sieh mal, wie der uns anschaut mit seinen blauen Augen. Das läuft doch jetzt richtig rund. Mit der Axt hat man auch schon mal danebengehauen. Erinnerst du dich an den fetten General vor paar Jahren, dem wir das halbe Gesicht weggehauen haben? Aufhängen war ja auch ganz lustig, wenn man denen beim Rumzappeln zuschaute. War doch immer interessant, wenn wir auf die Zeit wetteten, bis es sich ausgezappelt hatte. Nur der Geruch, das war widerlich, wenn die sich beim Zappeln in die Hose machten."

„Naja, Erich, du hast schon recht, aber irgendwie macht mir der Kerl hier Angst. Sieh mal, wie der uns anschaut aus seinem Korb – **sieht genauso aus, als wenn der noch lebt! Sieht gar nicht aus, als wäre der tot!**"

„Bruno, du hast 'nen Knall, du bist ja jetzt schon besoffen – weiße Mäuse siehst wahrscheinlich auch schon. Ich sag nur, her mit der Flasche Schnaps vom Anstaltsleiter. Wo ist der Kerl eigentlich? Der macht jedes Mal den gleichen Zirkus mit uns – der weiß doch genau, dass die tägliche Flasche Schnaps zum Lohn gehört. Ah, ich hör ihn kommen, gleich kannste saufen, dann siehste den Wasner Foxtrott tanzen mit den weißen Mäusen. Aber ist klar, die Säbelarbeit fällt jetzt jeden Tag an, so viel saufen kannste gar nicht, wie der Adolf jetzt für Köppe sorgt, die wir beide dann pünktlich und fachgerecht absäbeln – egal ob es sich um Generäle oder arme Säue handelt – Adolf, wir folgen dir – Heil mein »Führer«! Muss aber trotzdem lachen, die Leute bei uns im Dorf haben Angst vor uns, vor mir. Ist ein nettes Gefühl, sollen sie sich doch in die Hose machen. Das Vaterland ist mit uns. Wir machen das ja eigentlich sehr gerne fürs Vaterland. Unser »Führer« wird uns eines Tages belohnen!"

„Erich, Erich sieh – der Tote weint, der Kopf weint – sieh die dicken Tränen im linken und im rechten Auge – der Kopf weint!"

„Das gibt es doch nicht, so etwas hatten wir doch noch nie … Bruno, du hast aber recht, jetzt sehe ich es auch. **Herr Pastor, Herr Pastor, kommen sie schnell – der Kopf vom Eugen Wasner weint – der Tote weint!"**

Die Stimme von Henker 1 überschlägt sich förmlich und der Pastor kommt schnellen Schrittes herbei. Während die beiden Henker ganz ehrfürchtig staunend am Rande des Korbes stehen, zeigt der Gefängnispfarrer mit dem rechten Zeigefinger auf das Gesicht des abgeschlagenen Kopfes von Eugen Wasner. Der Pfarrer verharrt einige Sekunden und spricht dann mit ruhiger Stimme:

„Aber, aber meine Herren, werden sie mal nicht hysterisch, das müssten sie doch gewohnt sein. Der Störtebeker ist noch ohne Kopf gelaufen, der Herr sei mit ihm. Auch wenn die blauen Augen des abgeschlagenen Kopfes so aussehen als würde der Kopf noch leben, die Augen sind ja geöffnet und sehen uns an. So kann ich sie aber beruhigen, der Eugen Wasner ist mausetot, und die Seele des Unglücklichen ist bereits zum Herrgott in den Himmel aufgefahren!"

Während der Körper des geköpften Eugen Wasner unter der Guillotine liegt, läuft in seinem Kopf noch einmal sein Leben vorüber, vergleichbar Menschen, die aus dem Stadium des Scheintodes erwachen und Gleiches berichten. Die Wissenschaft ist sich noch nicht sicher, was im Kopf eines Menschen im Übergang vom Leben zum Tod abläuft. Der Kopf des gemeuchelten Gefreiten kann also durchaus zu einem Schwall von Gedanken fähig sein – da auch die an der Exekution Beteiligten bestätigen, dass die Augen des abgeschlagenen Kopfes weinen und den Eindruck erwecken, als würde der Kopf noch leben.

Bestärkt in ihrer Meinung, dass der geköpfte Eugen Wasner noch nicht ganz tot ist, sind in ganz besonderem Maße , die beiden Henker, denn sie blicken mit weit aufgerissenen Augen fasziniert weiterhin auf den abgeschlagenen Kopf im Bastkorb. Gleiches Interesse bekundet nunmehr auch der Gefängnispfarrer – denn auch er stiert wie gebannt auf das so ausdrucksvolle, nach oben schauende Gesicht des Wasner.

Unter dieser Bedingung kann durchaus angenommen werden, dass Wasner Gleiches widerfährt und ihm in diesem Moment besonders die Begegnungen mit seinem ehemaligen Schulfreund, Peiniger und Mörder Adolf Hitler durch sein Gehirn nochmals vor Augen geführt werden. Kein Phänomen, sondern Wirklichkeit – seine Gedanken sind klar und die Bilder deutlich wie in einem Traum …

… und an dieser Stelle die Gedanken des Gefreiten Eugen Wasner:

„Ich sehe trotz des schwachen Lichtes meine beiden Henker und auch den Herrn Pastor und ich höre ganz deutlich ihre Stimmen. Sie sind so nah, alles ist so nah, alles ist so klar. Mein Blut verströmt, aber ich sehe sie vor mir – direkt an meinem Korb die Mutter, den Vater, die Freunde in Leonding. Alles ist so schön, so friedlich in diesem Moment, in dem mein Leben in Bildern nochmals vor mir entsteht und vorbeiläuft. Ich bin ein glücklicher neunjähriger Junge aus Leonding – ich sehe alles überdeutlich.

Doch dann, verflucht sei der Tag, als der Adi in meine Klasse kommt. Sein Vater war als Zollbeamter nach Leonding versetzt worden. Adi führte von Anfang an das große Wort. Der konnte ohne Pause reden.

Schon mit 9 Jahren, so alt waren wir damals, machte er einen auf »Führer« und wir, ich, Eugen Wasner, Bruno Kneisel, der »dicke Erwin« und fünf weitere Freunde machten mit, folgten ihm. Die Indianerspiele, so lange liegen sie schon zurück, das Gebrülle, die Schlachten und immer Adi vorneweg. Irgendeiner von uns, ich weiß nicht mehr wer, hatte wohl das Wort »Thing« zuhause aufgeschnappt – also nannten wir jenen Ort auf der Lichtung, wo wir uns häufig trafen, auch »Thing«. Adi spielte stets den Häuptling. Die Unterführer waren manchmal ich, Eugen oder Bruno. Adi war das nie und wir akzeptierten das. Adi spielte sich auch als Zuchtmeister auf. Er hielt stets auf Ordnung. Unsere Waffen hatten wir vor uns abzulegen: Holzschwerter, Dolche, Schilde, Bögen und Pfeile lagen fein säuberlich am Boden, sogar unsere Helme, alles sehr ordentlich, genauso wie Adi es von uns verlangte. Wenn der Adi sprach, hörten wir gebannt zu, wenn nicht, konnte er von einem Augenblick zum anderen ausrasten. Richtig böse konnte er werden, wenn einer wagte, ihn zu unterbrechen.

Eine seiner Ideen war das Ablegen einer Mutprobe. Natürlich hatte er die nur, um uns zu demonstrieren, wie toll er war, zu demonstrieren wie überlegen er war. Klar war uns nur, dass es gefährlich werden konnte. Da war keiner der erste, der sich dem aussetzen wollte. Das wusste er natürlich, so konnte er sich wie immer in den Vordergrund spielen.

Ich erinnere mich, wie der Adi ganz plötzlich aufhörte zu sprechen. Das ist so eine Masche von ihm – sieht uns alle nur durchdringend an, wobei seine stechenden Augen immer wieder von einem zum anderen die Runde machen. Streicht immer wieder nur sein schwarzes Haar aus der Stirn. Erst nach einer endlosen Minute, die uns vorkommt wie eine Ewigkeit erlöst er uns von unbeschreiblicher Spannung aber auch Neugier und beginnt zu sprechen:

›Männer, Kämpfer, meine Freunde‹, was will der von uns? Noch niemals hat er uns »Freunde« genannt, und die Spannung steigt erneut –

›Männer, Kämpfer, meine Freunde, wir wollen die Ferien mit einem Paukenschlag beginnen. Wer pinkelt dem Ziegenbock von der Wies'n dort nebenan ins Maul?‹

Und während wir alle mit offenen Mündern dasitzen, steht der Adi wie ganz selbstverständlich auf und kommt nach drei Minuten mit dem Ziegenbock zurück. Den Bock führt er an einer kurzen Leine. Er lockt den Bock mit etwas Gras vorm Maul.

Und da ist sie – unsere Mutprobe: Riesengroß – lange Hörner – weiße Haare – gefährlich! Und der Adi kommt auch sogleich zur Sache und zeigt uns, was in ihm steckt:

Mut, aber auch Bösartigkeit und eine gehörige Portion Dummheit sind nötig, das wird mir in diesem Augenblick klar, im Bastkorb unter der Guillotine in Berlin-Plötzensee, wenn auch erst nach 45 Jahren mit abgeschlagenem Kopf!

Und der Adi stellt sich vor den Bock, holt seinen »Zippedäus« raus und pinkelt dem Tier ins Maul. Wir andern hatten abgelehnt, uns schlotterten schon bei diesem Gedanken die Knie! Das war von uns zu viel verlangt, sollte er es doch selbst machen, wenn er schon so große Töne spuckte!

>Seht's Leute, es ist ganz einfach. Ich pinkel jetzt freihändig<, und nimmt die Hand vom »Zippedäus«.

Doch dann passiert es – der Bock schnappt hoch mit seinen messerscharfen Zähnen und beißt dem Adi in den Penis. Und ich, Eugen Wasner, kann nicht helfen, obwohl ich den Bock hinten zwischen meinen Beinen eingeklemmt habe. Das Blut spritzt, der Adi heult vor Schmerzen ganz entsetzlich auf und rennt, den »Zippedäus« haltend schreiend nach Hause."

Wasner weiter …

„Es bewegt mich die Frage: Wird sich der Ziegenbock von Leonding in der Zukunft am Adi rächen? Wird der Ziegenbock von Leonding auch mich rächen – den auf der Guillotine gemeuchelten Freund? Es ist der

Gedanke an Rache für das, was mir der Kerl angetan hat. Halt, stop, vielleicht ist es ja der Ziegenbock, der mich, wenn auch schon so fern, im Rückblick frohlocken lässt. Ist er der Engel der Rache, den ich in meiner Gefängniszelle so ersehnte?

Auch in seiner Jugend war der Adi anders als seine Altersgenossen. Da hat er stets einen auf Künstler gemacht. Hat sich als Wiedergänger von Rubens und da Vinci sowie als genialer Architekt ganzer Städte gesehen. Geplatzt war sein Traum im Wien der Jahre 1907/1908. Die haben ihn zwei Mal an der Kunstakademie durchfallen lassen. Natürlich hat er großkotzig die Prüfer als Idioten und Nichtskönner beschimpft. Ja, so ist er nun mal, schuld sind immer die Anderen. Dass man ihn bestenfalls fürs Postkartenmalen geeignet hielt, war ein Tiefschlag, den er, wie er sich ausdrückte, der Saubande aus vergreisten Schwachköpfen verdankte. Doch den absoluten Tiefpunkt seines so jungen Lebens erfährt der Adi dann 1908 als 19-Jähriger – ein Schlag, der den Kerl fast gänzlich aus der Lebensbahn wirft – könnte auch eine Rache des Ziegenbocks gewesen sein!

Der Alfred, ich meine seinen Freund, den Kubizek, der hat ihn mal mitgenommen ins Laternenviertel. Sie wissen schon, in die Straße mit den roten Laternen. Mit dem August Kubizek bewohnte Adi zu dieser Zeit gemeinsam ein Zimmer in der Stumpergasse 31 in Wien. Selbst der Adi war geil, als er die hübschen Mädchen aufgereiht in den Fenstern sah. Das war für ihn, den Dorfbuben, mehr war er doch nicht, Schlaraffenland. Da tat sich was in seiner Hose. Konnte er natürlich nicht zugeben, als er die zum Teil barbusigen Mädchen anstierte. Im Gegenteil, er nannte die Frauen

>Abschaum und Dirnenpack, bei denen die Flamme des Lebens bereits erloschen sei!<

Dieser Pharisäer konnte nicht anders, spielte den Überlegenen, den Erfahrenen. Ich bin aber überzeugt, dass er sich in mancher Nacht mit den Bildern dieser Frauen selbst befriedigte. Alle sollten ihn als cool, überlegen, von spartanischer Gesinnung und Zucht wahrnehmen. Gerade mit den Spartanern hatte er es, das haben wir oft in Leonding erlebt. Wenn mal wieder Kriegsspiele unter uns Kindern anstanden, war er stets Sparta und wir Athen.

Und dann hatte der Jüngling ein weiteres, ganz einschneidendes Erlebnis, das ihn für die verbleibenden 35 Jahre seines Lebens entscheidend prägte:

Als Alfred Kubizek zur Musterung nach Linz fährt, unternimmt der Adi die »Sexreise« zum Rotlichtviertel ein zweites Mal – diesmal aber alleine, ohne den neugierigen Freund."

Kapitel 7: Besuch bei einer jüdischen Hure

In einer nierenförmigen Wanne sitzt der 19-jährige Adi – er ist nackend. Die Wanne ist halb gefüllt mit Wasser. Der Unterkörper ist nicht zu sehen. Als weiteres Mobiliar ist dort nur ein kleiner Tisch mit zwei Stühlen. Über den einen Stuhl hat Adi fein säuberlich seine Kleidung gelegt. Der hintere Teil des kleinen Raumes ist zu 50 % abgetrennt durch einen Vorhang – man erkennt aber ein Doppelbett, auf dessen Kante eine junge Frau sitzt. Der gesamte Raum ist nicht besonders hell ausgeleuchtet – es überwiegt ein warmes, rötliches, angenehmes Licht, das von einem Deckenleuchter und der Nachttischlampe auf dem Bettschränkchen kommt. Links in der Wand des Raumes ist eine Tür, die in einen Nebenraum und dann nach draußen führt.

Von der Kante des Bettes aus beginnt die junge Frau zu sprechen, wobei sie in einer hölzernen Schüssel, die sie auf ihrem Schoß hält, Seifenschaum schlägt – es ist die 22-jährige Hure Rebecca.

Sie empfängt den neuen Kunden mit folgenden Worten:

„Na, mein junger Freund, wie gefällt es dir bei mir?"

„Es gefällt mir bei ihnen sehr gut, Madam – und vielen Dank, dass sie Zeit für mich haben."

„Na ja, mein schöner Jüngling das ist ja eigentlich meine Aufgabe, Zeit zu haben. Nenne mich ruhig Rebecca – alle nennen mich so. Wie ist denn dein Name?"

„Ich heiße Adi – Madam – äh – Fraulein Rebecca."

„Sag, Adi, wie bist du denn auf mich gekommen? Hat dich jemand zu mir geschickt?"

„Ja, ja so ist es gewesen – mein Freund Gustl, der Kubizek, hat mir den Tipp gegeben und dann war ich noch bei so einer alten Frau, die hat mir den Termin für heute bei ihnen reserviert."

„Ach der Gustl, der war ja schon mehrfach bei mir – toller Junge, spielt Klavier, will ans Konservatorium, möchte Musik studieren – das wird mal ein richtiger Künstler!"

„Ja, das stimmt – aber mein Freund Gustel ist gerade nicht da. Ist zur Musterung nach Linz. Ist auch ganz gut so, muss ja nicht jeder wissen, dass ich heute bei ihnen bin, Fräulein Rebecca. Wird viel geredet unter den Jungs."

„Du wirst dich doch nicht schämen, hier zu sein und für das, was wir heute machen? Lass die Anderen ruhig reden!

Ach übrigens, was machst du eigentlich, du hast von dir noch gar nichts erzählt. Ist Musik auch dein Ding oder was anderes?"

„Ich bin Künstler, d.h. ich gestalte, verändere, verschönere. Die Akademie hier in Wien ist nur Zwischenstation. Wahre Kunst zu schaffen ist mein Ziel, denn das, was in so manchen Museen herumhängt, ist ja nichts anderes als besseres Handwerk. Da fehlt es an Intuition, an Eingebung, an göttlichem Funken."

„Das ist ganz toll, es ist richtig schön, so einen begabten Menschen zu treffen. Ist das Wasser noch schön warm in der Wanne? Dann können wir eigentlich beginnen, ich bin ja auch so weit. Der Schaum ist ganz prima geworden, ich komme."

Rebecca erhebt sich von der Bettkante und geht hinüber zu Adi – Holzschale hoch aufgetürmt mit Schaum und einen übergroßen Schwamm in Händen – stellt sie sich hinter ihn.

„So, mein lieber Adi, jetzt ist der Schwamm gefüllt mit warmem Wasser und viel Schaum. Ich beginne dich zu waschen wie die Mutter das Baby. Sei mein Baby und lass dich verwöhnen von oben bis unten – genieße die Behandlung! Erst kommen Schultern und Rücken, dann Brust und Bauch und dann werde ich mich mit deinem Po und deinem »Schniedelwurz« besonders intensiv beschäftigen. Nach richtigem Trockenreiben werden wir uns beide in meinem Bett schön aufwärmen – falls uns beiden nicht schon beim Waschen warmgeworden ist – ha, ha, ha", kommt ein helles Lachen von Rebecca und Adi räkelt sich, indem er sich freudig äußert:

„Ach ist das angenehm, Fräulein Rebecca, das kitzelt ja richtig."

„Warte nur, bis ich weiter nach unten komme, dann wirst du staunen, wie sich das anfühlt – garantiert wie 1.000.000 Volt."

Und Rebecca wäscht ganz zärtlich mit leichten kreisenden Bewegungen Hals, Nacken, Schultern und Rücken bis an den Po heran.

„Sagen sie, Fräulein Rebecca, ich muss sie mal was fragen?"

„Nur zu, mein lieber Adi – frage, was du möchtest."

„Sagen sie, Fräulein Rebecca, sind alle Jüdinnen so schön wie sie? Mein Freund Kubizek sagt, sie wären jüdischer Nationalität."

„Nein, nein mein lieber Adi, ich bin österreichischer Nationalität mit österreichischem Pass, nur mein Glaube ist jüdisch – aber es stimmt, alle Jüdinnen sind schön!

So, mein lieber Adi, nun haben wir alles besprochen. Ich komme jetzt nach vorne und es geht richtig zur Sache."

Rebecca geht um die Wanne herum, um Adi gegenüber zu stehen.

„Nun kannst du mich auch anschauen – wie gefalle ich dir denn?"

„Mir bleibt glatt die Luft weg – Fräulein Rebecca, so schön sind sie. Ich habe ja noch nie eine nackte Frau gesehen – aber bei ihnen kann man durch ihre Schleier ja alles erkennen. Ich weiß nicht, ob mir so viel Schönheit erneut widerfahren wird."

… und man kann den Adi gut verstehen, denn was er da vor sich sieht ist schon dermaßen reizvoll, dass ein 19-Jähriger das fast gar nicht zu ertragen vermag.

Rebecca: 22 Jahre, jüdische Hure, zierlich, üppige Figur, schwarze lange Haare, volle rote Lippen, helle Hautfarbe, riesiger Busen, durchsichtige orientalische schleierartige Kleidung, zierliche goldfarbene Schuhe mit erhöhtem Absatz, kümmert sich liebevoll um Jünglinge in Wien, sehr freundliches mütterliches Wesen…

„Was sagst du denn zu meinen Titten? Du kannst sie jetzt gerne anfassen, wo ich vor dir stehe. Möchtest du schon ein bisschen mit ihnen spielen?"

„Mein Gott, sind das riesige Möpse – so nennt sie mein Freund Kubizek – und wie weich und warm die sind – alle Jungs in Wien sprechen davon. Ich möchte sie dauernd betatschen, ewig streicheln. Auch ihr Po ist so herrlich rund – wie alles an Ihnen, Fräulein Rebecca!"

„Soll ich dir zwischendurch mal einen Kuss geben – komm ich zeig dir was!"

Und Rebecca öffnet ihre vollen Lippen und schiebt ihre Zunge in Adis Mund. Sie küsst zwar nur wenige Sekunden, aber herzlich und ein wenig leidenschaftlich. Als sie wieder mit dem schaumgefüllten Schwamm kreisend über Adis Brustwarzen fährt, mehr streichelnd als waschend, entfährt es Adi:

„Hilfe, Hilfe, Fräulein Rebecca – wie das kribbelt – und das Küssen war ja so herrlich. Ich bin völlig weg, wie im Traum, wann machen wir das wieder?"

„Bald, sehr bald machen wir das wieder. Warte nur, bis wir im warmen Bettchen sind, dann küssen wir wie verrückt. Wenn wir Mann und Frau spielen und du deinen großen »Zippedäus« zwischen meine Beine steckst, dann zeige ich dir die Liebe. Du wirst sehen wie schön das ist. Es wird dir gefallen, und du kommst immer wieder zu mir – da bin ich ganz sicher. Wir werden bestimmt richtige Freunde!"

In der halben Stunde, in der der Jüngling und das Freudenmädchen zusammen sind, ist so etwas wie ein freudiges Band entstanden, das das ungleiche Paar auf ganz natürliche Art und Weise zusammenhält. Der junge Hitler ist normalerweise sehr scheu, ja geradezu verschlossen – lässt niemanden an sich heran. Selbst sein Freund Alfred Kubizek weiß nur wenig von seinem

19-jährigen Freund – sagt an einer Stelle sogar, dass er den Adi gar nicht richtig kennt.

Merkwürdigerweise hat Adi in nur einer halben Stunde nahezu absolutes Vertrauen in die jüdische Hure gewonnen. Es mag durchaus möglich sein, dass Adi wegen der Fraulichkeit des Mädchens an seine von ihm so abgöttisch geliebte Mutter erinnert wird. Die jüdische junge Frau betont in keiner Weise ihren Beruf als Hure. Das Gegenteil ist der Fall. Die überaus hübsche, mit betörendem Sexappeal ausgestattete 22-Jährige stellt das Mütterliche in den Vordergrund. Sie baut Vertrauen und eine ganz persönliche Atmosphäre auf. Dutzende von Jünglingen wurden von ihr in die Liebe eingeführt und verehren sie wegen ihrer überaus freundlichen Art wie eine Madonna. Auch Adi fühlt sich geborgen –

„wie bei einer Ehefrau", kommen ihm so seine Gedanken. Er wundert sich über sich selbst, dass er imstande ist, innerhalb von nur 30 Minuten eine völlig fremde Frau, dazu noch eine Hure, die Liebe für Geld macht, als liebevolle, verständnisvolle Geliebte in die Arme zu nehmen. In allem was der Adi macht, geht normalerweise jede Aktion von ihm selbst aus: Der Adi bestimmt wo's langgeht! Und das hier ist ganz merkwürdig, ganz ungewöhnlich:

Der ansonsten eigensinnige Jüngling lässt sich plötzlich nicht nur verführen – sondern auch führen!

„Nun Adi, stell dich aufrecht hin, wollen doch mal deinen »Zippedäus« bestaunen. Nach deiner großen Nase zu urteilen, muss das gar ein gewaltig Ding sein – bin richtig neugierig. Wie der Zinken des Mannes so ist auch sein Johannes lautet ein uralter Spruch – ha, ha, ha!"

„Ha, ha – ist das lustig", bestätigt Adi schüchtern.

Und sie lacht schallend – und auch Adi lacht, aber nur ganz kurz und er wird auch in seinem ganzen zukünftigen Leben niemals wieder von Herzen lachen!

„Nun komm, komm – schöner Jüngling, steh auf!" Adi erhebt sich – und Rebecca schreit plötzlich auf:

„Um Gottes Willen – was ist denn das?"

Als Adi aufsteht wird sein Penis sichtbar – noch fast bedeckt mit Schaum – trotzdem für die erfahrene Liebesdienerin sofort erkennbar, und sie schreit auf:

„Mit dem Ding stimmt was nicht!"

Rebecca nimmt die kleine Holzschüssel, füllt sie gedankenschnell mit Wasser aus der Wanne und schüttet den Inhalt der Schüssel drei Mal gegen Adis Unterleib. Was da nun deutlich sichtbar wird, ist schon erschreckend:

Ein 19-jähriger Junge während seines ersten Liebesabenteuers – kreideweiß im Gesicht – mit niedergeschlagenem Blick – die Arme hängend – die Schultern nach vorne gebeugt – ein vor Angst und Scham schlotternder Jüngling – ein Verlierer – kein Sieger – und schon gar nicht der selbstsichere junge Herr Hitler, der er immer sein wollte, wenn er mit seinem Elfenbein beschlagenen Spazierstöckchen rumfuchtelnd, seiner angebeteten Stefanie nachhechelte. (Stefanie, des jungen Hitlers fiktive Freundin: Ein Mädchen, dass er schon mehrfach gesehen hat, aber noch niemals wagte, anzusprechen.)

Adi sind sofort alle männlichen Gefühle entschwunden. Nun hängt das Ding nur noch so armselig herum. Eigentlich sind es ja zwei Dinger – eine ganz merkwürdige Form für einen Penis – das ist Adi schon bewusst. Er ist starr und ganz benommen vor Schreck. Steht stocksteif in der Badewanne, die mütterliche Geliebte für eine Nacht mit schreckgeweiteten Augen anstarrend. Tatsächlich, was sich da der jünglingsverwöhnenden Nymphe präsentiert, ist schon ein Horrorgerät und nicht der zum Spielen anregende Penis eines 19-Jährigen. Die obere Hälfte wirkt normal – doch dann sieht man deutlich, wie damals der Biss des Ziegenbocks bei ihm, dem Neunjährigen, das Geschlechtsteil deformierte:

Der Biss verlief nicht über die volle Breitenausdehnung des Gliedes, so dass sich die untere vordere Penishälfte umbildete. Sie spaltete sich der Länge nach auf in eine »knallrote linke Knolle« und rechts in einen schwarzen, hängenden blutleeren Hautlappen. Ein gar grausiger Anblick ist das für jede sich nach Liebe sehnende Frau, insbesondere für eine noch unberührte Jungfrau bei ihrem Erstkontakt. Auch für eine Hure ist dieser Anblick erschreckend und abstoßend.

Die messerscharfen unteren Schneidezähne säbelten Adis kleinen Penis, wenn man so sagen will, in drei Teile:

Die unteren Zähne schlugen fest gegen den Knorpel der oberen Knochenplatte des Ziegenbockmauls, ohne das Glied ganz abzutrennen. Der Urin plätschert seitdem aus der verletzten Harnröhre, etwas mittig, unter dem linken Knorpelstück und rechts über dem schwarzen Hautlappen bei dem die Blutzufuhr fast ganz unterbrochen wurde.

Der damalige Hausarzt der Familie Hitler, der Jude Dr. Bloch, sah sich nach dem Biss die Wunde sofort an, riet aber dringend von jeder Operation ab, die nur weitere Qualen, aber keine Besserung bringen würde. Obwohl der kleinwüchsige Jude dem Adi nicht helfen konnte, ist der erwachsene Hitler auch später dem Arzt für seine Verschwiegenheit dankbar. Nicht ein Sterbenswörtchen kam über seine Lippen zum Thema »Penisverstümmelung des kleinen neunjährigen Adolf Hitler«, genannt Adi aus Leonding.

Mit funkelnden Augen schreit die Hure Rebecca nun los:

„Du Ausgeburt der Hölle. Du wagst es mit diesem furchtbaren Gerät hier aufzutauchen! Willst du meinen Ruin? Was denkst du, wenn sich das rumspricht? >Rebecca mit dem guten Ruf bedient einen Aussätzigen.< Willst du uns alle anstecken?"

Rebecca ruft ihren Zuhälter.

„Heini – Heinrich – komm her! Mach zu, das musst du dir ansehen! Das habe ich noch nie erlebt! Das ist ja widerlich! Heini komm endlich!"

Der Zuhälter kommt schnellen Schrittes und fragt neugierig:

„Hier bin ich, mach nicht so 'nen Krach – was ist denn los?"

„Schau dir mal den Typen an, das ist ja unglaublich. Mit dem Ding stimmt was nicht!"

Und dem Adi zugewandt – geradezu ein wenig erschrocken, platzt der Zuhälter heraus:

„Irre – da trifft mich glatt der Schlag! Das ist ja ein ganz unglaubliches Gerät, mit dem du Blödmann hier aufkreuzt! Hast du schon mal was von Gnadentod gehört? Solche Kranken wie dich muss man aussondern, wegsperren, ehe sie sich weiter vermehren und das ganze Volk krank machen! Alles, was krank, nicht lebenswert, nicht lebensfähig ist, muss weg! Und du gehörst dazu! Hau ab, gleich gibt's was in die Fresse – lass dich hier nicht wieder blicken! Es wird der Tag kommen, an dem man solche Krüppel wie dich einfängt und absondert. Warte, du wirst es noch erleben! Hau bloß ab! Wage es nicht, Rebecca anzufassen! – Schnapp deine Klamotten! Da ist die Tür!"

In Adi kommt Bewegung. So schnell wie noch nie schlüpft er in Unterhose, Oberhemd, Hose und Schuhe. Jacke und Unterhemd unterm Arm stürzt er aus dem Zimmer.

„Hier, deine dreckigen Socken, du Idiot!", ruft Rebecca und wirft ihm die Socken hinterher.

Adi kennt nur ein Ziel: Raus aus diesem Haus – weg aus dem elenden Rotlichtviertel – hinaus in die Natur – hinein in den naheliegenden Stadtpark.

Während draußen Blitz und Donner krachen jagt Adi heran – wie von Furien gehetzt. Es ist November, und er bemerkt im Park sogleich den frischen Wind, der heute weht.

Ganz plötzlich setzt wolkenbruchartiger Regen ein. Die vom Starkwind gepeitschten Regentropfen brennen in Adis Gesicht, doch er spürt sie nicht. Er stürmt noch ein paar Schritte voran und bleibt wie angewurzelt stehen. Er steht völlig im Freien und kommt gar nicht auf die Idee, unter einem großen Baum Schutz zu suchen.

Urplötzlich reißt er die Arme zum Himmel, während der nun in Böen zum Sturm angewachsene Starkwind ihm seine wassertriefende Jacke samt Unterhemd aus den Händen reißt und klatschend gegen einen Baumstamm befördert …

… mit einem mehrere Sekunden anhaltenden lauten Schrei macht er seinem Herzen Luft

… und lässt den angestauten Frust heraus – gefühltes Gewicht Zentner schwer!

„Regen, lieber Regen, wasche mich rein von diesem Sündenpfuhl!"

Und er reckt erneut die Arme gen Himmel – und das Wetter ist laut. Doch dann wird alles übertönt von dem zweiten Schrei des jungen Mannes mit den nach oben ausgestreckten Armen:

„Du verruchtes Weibsbild! Du, deren Namen ich niemals wieder aussprechen werde! Du hast mich beleidigt, mich, Adolf Hitler, den, der dereinst ganze Völker beherrschen wird. Du, Weib, bist so abgrundtief schlecht, wie es sich nur der Teufel ausmalen kann. Ja, ein Werk des Teufels bist du! Auch die Brut, die dich gezüchtet hat, soll dereinst mein Bannstrahl treffen!

Dein Zuhälter Heinrich sagt, ich wäre ein Aussätziger, und die Euthanasie solle mich fressen im Sinne der Ausrottung allen unwerten Lebens! Du Weib hast mit deiner Schlechtigkeit deinen eigenen Untergang heraufbeschworen! Das, was du mir zugedacht hast, soll nunmehr dich und deine Brut verschlingen. Da eine Jüdin derart schlecht ist, muss auch das ganze Gezücht der Juden schlecht sein", überträgt Adi die Verantwortung für die furchtbaren Worte des Zuhälters zu 100 % auf Rebecca – ganz so, als habe sie persönlich ihm die bösen Beleidigungen zugefügt.

„Es haben doch die recht, die den Juden die Pest an den Hals wünschen! Noch schlimmer:

Du schlechtes Judenweib und deine Brut – **ihr werdet es büßen bis zum »Jüngsten Tag«.** Das ist mein Schwur! Ich, Adolf Hitler, glaube nicht an Gott, aber ich schwöre, dass ich meine ganze Kraft dafür einsetzen werde, diesen Schwur irgendwann einmal einzulösen!"

Der junge Mann streckt wieder beide Arme gen Himmel, und es schreit aus ihm heraus – gegen den Wind und die hellen Blitze:

„Tod dir, jüdische Hure und deinem ganzen Volk – die Vorsehung wird mich leiten und alles Weitere fügen!"

Und erneut die Gedanken des sterbenden Wasner ...

„Hier bin ich wieder, Eugen Wasner, der von Adolf Hitler mit der Guillotine geköpfte ehemalige Schulfreund des mächtigen »Führers«.

Obwohl das Blut aus meinem Kopf nur noch langsam in den Bastkorb tropft, bin ich, der ehemalige Gefreite der Deutschen Wehrmacht, immer noch nicht tot. Ich bin trotz meines abgetrennten Körpers noch in der Lage, klare Gedanken zu fassen.

So ist es mir 1943 möglich, auf die allergrößte Schandtat dieses Kanzlers des Deutschen Reiches, Oberkommandierender der Deutschen Wehrmacht und Alleinherrscher über Großdeutschland und viele Millionen Menschen eroberter Länder, einzugehen.

Dieser Vorfall ereignete sich bereits 1931, als die Persönlichkeit des späteren »Führers« der Deutschen in all ihrer Grausamkeit und Schändlichkeit deutlich wurde – auch die Zeitungen berichteten darüber!"

Kapitel 8: Die Mörderbande und die Nichte

Es ist der 18. September 1931, 17.00 Uhr. Angela Raubal, von allen zärtlich Geli genannt, ist alleine in dem riesigen Haus am Prinzregentenplatz Nr. 16 in München. Geli befindet sich in Ihrem Zimmer im 2. Stock – in der gemeinsamen Wohnung mit Adolf Hitler. Ihr Zimmer grenzt an die Räume Hitlers – das Bad benutzen beide zusammen. Hitler ist unterwegs zu einer Wahlkampf-Großveranstaltung nach Hamburg und befindet sich mit seinem Autotross bereits auf der Höhe von Nürnberg.

Knock, knock, knock – jemand klopft an Gelis Zimmertür. Knock, knock, knock, knock – gleich darauf klopft es vier Mal. Geli vermutet Hitlers Haushälterin an ihrer Tür.

„Frau Winter, sind sie es? Sie wollten doch mit ihrem Mann Besorgungen machen."

Es antwortet nicht die Haushälterin, sondern eine für Geli sehr bekannte Stimme:

„Nein, mein Kind, ich bin es, deine Mama. Und ich habe noch eine ganz liebe Person mitgebracht – jemanden, den du ganz sicher noch nicht vergessen hast – eine Überraschung."

„Warte Mama, ich sperre auf. Ich habe alles verriegelt und verrammelt. Man kann ja nicht wissen, in diesem großen Haus und den unruhigen Zeiten. Warte Mama, gleich hab ich's!"

Und man hört das Geräusch von mehreren Schlössern, wohl auch Vorhängeschlössern, bei denen die Schlüssel gedreht und die Riegel aufgeklappt werden. Sogar das Rasseln einer stählernen Kette ist zu hören – und zwei Personen treten ein.

„So, Mama", und sie blickt zu dem eintretenden Mann an der Seite der Mutter.

„Ferdi – mein Schatz – das ist aber eine gelungene Überraschung", und sie springt dem »Schönen Ferdinand«, wie dieser in der Frauenwelt genannt wird, an den Hals und herzt ihn allerliebst, wobei auch Küsschen auf den Mund verteilt werden. Für die Mutter hat Geli gar keine Zeit, und die Mutter fragt, wobei sie der Tochter prüfend in die Augen blickt:

„Na Kind, sind da ein paar Freudentränen? Ich dachte, ich komme dich besuchen, während Onkel Alf (Kosename Hitlers in der Familie) zur Großveranstaltung nach Hamburg ist und bringe den Ferdi gleich mit."

Der Ferdi hat derweil im Sessel Platz genommen und einen kleinen Blumenstrauß zusammen mit einem Schächtelchen Pralinen auf den Tisch gelegt.

Emil Maurice, der ehemalige Verlobte des Fräulein Raubal lächelt. Und, wenn man ihn so sieht in seinem vierfarbigen Holzhackerhemd – mit offenem Kragen, weiter Kampfhose, seidenem Lumberjack und blanken Schaftstiefeln sowie dem unnachahmlichen Lächeln im Gesicht mit dem kleinen Oberlippenbärtchen, dann kann man wohl ohne Übertreibung sagen: fescher Kerl. Wenn er so mit tadelloser Figur und seinen klaren Augen die Mädchen anstrahlt, dann versteht man, dass diesem dunkelhaarigen Mann – mehr so'n Südländertyp – alle Frauenherzen zufliegen. Auch Gelis kleines Mädchenherz verfiel damals alsbald dem Charme dieses Frauenhelden. Und Geli denkt zurück an jene Zeit – die schönste Zeit ihres Lebens als sie den Ferdi liebte: Wie im Traum – und an Ferdi und die Mutter gerichtet spricht Geli mit leiser Stimme, mehr zu sich selbst:

„Ach war das damals schön, als du, Ferdi, meine große Liebe warst. Mein Gott, was war ich in dich verliebt als du beim Picknick irische Volkslieder auf der Gitarre spieltest und auch dazu gesungen hast – welch schöne Stimme. Doch alles war vorbei als Onkel Alf seine Macht als mein Vormund ausnutzte und unsere Verlobung verbot. Damit starb auch unsere Liebe – der unglücklichste Moment in meinem Leben! Alles schon so lange her – alles schon soooooo lange her!"

Doch dann mit fester Stimme, als wäre sie aus dem Traum erwacht – die Mutter und den ehemaligen Liebling auf den beiden Sesseln abwechselnd vom Sofa aus anblickend:

„Was habt ihr beide auf dem Herzen – oder ist euer Kommen nur so'n Anstandsbesuch – so'ne Art Aufmunterung der kleinen einsamen Geli? Ist ja auch egal, ich freue mich riesig, dass ihr hier seid. Da Mama, auf dem Tisch steht noch Tee. Würdest du Ferdinand bedienen? Du kennst dich ja hier bei mir aus. Ich geh mal schnell ins Bad und mach mich ein wenig frisch –

hab vorhin geschlafen, wie ihr noch sehen könnt. Entschuldigt die Unordnung!"

Und Geli verlässt flugs das wunderbar eingerichtete Zimmer mit dem ungemachten Einzelbett aus Ebenholz. Sie geht ins Bad, dass sie und ihr Onkel Alf gemeinsam nutzen. Die großen Wohnräume des angehenden »Führers« der Deutschen und das Eckzimmer seiner Nichte liegen unmittelbar aneinander. Seit langem wünscht sich aber die junge Frau nichts sehnlicher als ein eigenes Badezimmer. In letzter Zeit ist alles anders geworden. Wenn sich Onkel und Nichte im Bad begegnen, guckt der Onkel durch das Mädchen hindurch – nimmt es gar nicht wahr – ganz so als wäre sie überhaupt nicht da. Damals herrschte eine ausgelassene Stimmung. Da strahlte der Onkel, wenn er seine Nichte sah, hatte immer gute Laune – machte gelegentlich sogar Witze.

Seit »jenem Tag« ist aber alles anders!

Seit jenem Tag, da Geli beim ersten intimen Zusammensein mit dem »Führer« sein körperliches Gebrechen, sein Geheimnis wahrnehmen musste. Seit jenem Bericht des Onkels über »die Schande von Leonding« ist der »Führer« der mächtigen Partei ihr zuwider geworden. Ekel, ja Abscheu, veränderten ihr Denken und Sinnen. War da einst noch Zuneigung eines warmen, zärtlichen Mädchenherzens, so ist alles in ihr erkaltet. Im Selbstgespräch, in ihrem Denken beschreibt sie dieses Herz als gewandelt zu Stein. Sie empfindet nichts mehr für ihn, den Onkel.

Geli kommt vom Bad zurück, strahlt den Ferdinand an und betrachtet auch etwas neugierig kurz die Mutter, die im zweiten Sessel Platz genommen hat.

Geli wird ganz warm ums Herz, wenn sie daran denkt, wie der »flotte Ferdinand« von Mal zu Mal Stück um Stück dieses kleinen Herzens eroberte, besonders an den lauen Abenden, wenn sie noch nach dem Picknick mit Onkel Alf in der freien Natur saßen. Wenn dann der »Schönste Chauffeur Deutschlands«, wie Geli gerne schwärmte, irische Volkslieder aus seiner Gitarre hervorzauberte und dazu auch sang, dann schmolz das kleine Fräulein aus Linz dahin – ihr Herz war endgültig verloren!

Geli eröffnet erneut das Gespräch:

„Nun Ihr Lieben – ich freue mich ja so über euren Besuch", strahlt sie ihre Gäste an. Während auch sie sich einen Tee einschenkt, rekelt sie sich ein wenig auf der Couch, wo sie inzwischen Platz genommen hat. Und Geli Raubal wirkt ganz zufrieden, geradezu glücklich im Kreis ihrer Lieben.

„Mein Kind…", beginnt plötzlich die Mutter, und Geli ist ganz erstaunt, wie ernst die anderen Beiden plötzlich geworden sind.

„Wie gemeißelt in Stein wirkt das Gesicht meiner Mutter – regelrecht ein Stimmungsumschwung – von »himmelhochjauchzend bis zu Tode betrübt«", denkt Geli, als sie die beiden anderen Personen auf der anderen Seite des Couchtisches betrachtet.

„Mein Kind…", beginnt die Mutter erneut und man merkt, dass Reden nicht gerade ihre Stärke ist. Dieses ist ja auch einer der Gründe, weshalb die Tochter unbedingt aufs Gymnasium musste und Matura machte. Das Kind sollte es auf Grund seiner Schulbildung einmal besser haben als die Mutter, die immer mit ihrer Hände Arbeit die Familie ernährte.

„Mein liebes, geliebtes Kind…", beginnt die Mutter ein drittes Mal. Derweil macht der Ferdinand ein ganz trauriges Gesicht, wobei er den Blick niederschlägt und auf die Tischplatte starrt. Dabei hat er die Hände gefaltet und in den Schoß gelegt. Geli fragt erstaunt:

„Was ist nur los, ihr beiden Lieben? Was ist denn plötzlich los, warum plötzlich so ernst? Ich dachte ihr freut Euch, das Gelichen zu sehen."

„Geli, mein über Alles geliebtes Kind...", und die Mutter beginnt zum vierten Mal.

„Ferdi und ich haben eine äußerst schwere, möglicherweise traurige Aufgabe zu erfüllen. Doch zuvor sollen wir dir die herzlichsten Grüße von Onkel Alf übermitteln. Wir sollen dich, mein Kind, fragen, wie du dir denn deine weitere Zukunft vorstellst."

Geli aufgebracht, springt auf und fährt mit übergroßer Enttäuschung in ihrer Stimme fort:

„Kommt ihr beiden also in seinem Auftrag – also doch kein Freundschaftsbesuch? Dann können wir ja gleich Klarschiff machen, und hier ist auch auf der Stelle die Antwort! Viele Male habe ich ihn angefleht, mich ziehen zu lassen", sie schreit, ist außer sich vor Zorn.

„Ich will meine Freiheit! Dieser Lump gibt mich nicht frei. Er, mein Gefängniswärter, hält mich unter Verschluss – vor der Öffentlichkeit weggesperrt! Der Kerl hat offenbar Angst vor mir!

Da er mich nicht freiwillig ziehen lässt, werde ich jetzt meine Freiheit erkämpfen. Ich weiß so viel von der Partei und auch von ihm persönlich, dass, wenn ich rede, diese ganze glorreiche Nazibewegung im Eimer ist.

Ich werde für meine Freiheit den großen Herrn Hitler und seine Partei, die NSDAP, erpressen! Du, Ferdi, hast es damals gezeigt, wie man es machen muss. Du hast die NSDAP verklagt und gegen die fristlose Kündigung als Chauffeur Widerspruch eingelegt. Du hast vor dem Amtsgericht gesiegt und dir sogar eine Abfindung erstritten. Genauso wie du, mein Ferdi, gesiegt hast, genau so werde auch ich siegen! Ich habe alles aufgeschrieben und bei dir, Mama, im »Haus Wachenfeld« verwahrt! Ich weiß mehr über diesen sauberen Laden als ihr beide erahnen könnt! Ich war oft dabei, wenn der Saubermann Hitler mit anderen gekungelt hat – auch mit dem Kapital, den Geldleuten. Dann protzte der Herr immer mit seinem Edelstein, dem klugen Fräulein Geli Raubal – und ich dumme, eingebildete Gans war jedes Mal glücklich, das verbrecherische Tun unseres Onkels Alf zu unterstützen, indem ich Bankbonzen und Firmenbosse erheiterte und die Unterhalterin spielte!"

Geli macht eine kurze Pause, doch die beiden Zuhörer ahnen, dass sie mit der Pause nur Spannung erzeugen will, denn es ist ganz unverkennbar, dass sie noch einen drauflegt – und tatsächlich lässt sie ohne Übergang sogleich die Katze aus dem Sack:

„Allein eine einzige Sache, eine sehr persönliche Angelegenheit, fegt den ganzen »Falschen Haufen« hinweg:

Wie Ihr beide sicher auch wisst, und du Ferdi bist nicht umsonst Mitbegründer der SS, wie euch beiden bekannt ist, arbeitet Heinrich Himmler schon heute, 1931, an einem Euthanasieprogramm – obwohl die NSDAP noch gar nicht an der Macht ist. Alles Leben, was nicht 100-prozentig der Hitlernorm entspricht, soll ausgelöscht und gehindert werden, weiteres sogenanntes »Unwertes Leben« zu zeugen.

Dazu gehören nach dem Verständnis dieser Verbrecher die Juden, alle geistig Kranken, aber auch alle Personen mit schweren körperlichen Gebrechen. Der Mensch der Zukunft, der Herrenmensch, ist blond, hat helle Haut und ist gesund im Kopf und auch am Körper!

Was meint Ihr Beide, meine Lieben, wenn die Presse, die Kommunisten, die Sozialdemokraten, aber auch alle treuen Anhänger der NSDAP erfahren, dass der

Anführer dieser gesamten Bewegung ein Gezeichneter ist, auf den die neuen, von ihm selbst veranlassten Euthanasiegesetzesvorhaben 100-prozentig zutreffen?

Was meint Ihr, meine Lieben, wenn die Öffentlichkeit erfährt, dass das Fortpflanzungsorgan des Vorbildes von Millionen aus drei Teilen besteht:

Einem »Stückchen rosa Schwanz«, einem »knallroten Knorpelfortsatz« und einem »schwarzen blutleeren Hautlappen« – das, was der vom Schüler Hitler geschändete Ziegenbock 1898 zurückließ!

Das Vorbild von Millionen ist selbst ein furchtbarer Krüppel – ausgestattet mit einem Sexualorgan, mit dem es selbst bei bestem Willen nicht möglich ist, sich fortzupflanzen. Ein furchtbarer Albtraum, der absolut nichts zu tun hat mit dem Penis des »Arischen Mannes«! Dieser Albtraum ist wegen seiner abartigen Form nicht in der Lage in den Schoß einer Frau einzudringen. Niemals wird sich eine arische Frau, wie sie von der Partei stets beschrieben und auf's Schild gehoben wird, einem solchen Mann hingeben. Selbst, wenn sie es bar allen Ekels könnte, würde dieser jeder Beschreibung eines sogenannten Ariers spottende Herr Hitler zum Sexualakt gar nicht fähig sein.

Er ist, um es klar zu sagen, ein impotenter Hochstapler! Pfui Teufel! Welch ein Abschaum!"

Und Geli schlägt mit ihrer kleinen Faust auf den Tisch – knallrot im Gesicht vor Zorn.

Die Mutter hat den Kopf in beide Hände gelegt und mit den Armen auf dem Tisch abgestützt. Sie ist kreideweiß im Gesicht und starrt mit weit aufgerissenen Augen auf ihre Tochter. Sagen kann sie nichts. Gelis Geschichte ist für ihre Ohren derart erschreckend, dass sie selbst auch dann keines Wortes fähig wäre, falls der Verstand es ihr gestatten würde. Ihre Stimmbänder sind gelähmt, das fühlt sie deutlich. So sitzt sie mindestens eine Minute völlig regungslos da, wobei sie eine große Einkaufstasche, deren Henkel herunterhängen, auf den Knien unter den Armen hält. Man hat den Eindruck, als müsste sie irgendetwas in der Tasche beschützen, weil sie diese wie zur Sicherheit, mit dem Bauch gegen die Tischplatte drückt.

Auch Emil Maurice wirkt regelrecht sprachlos. So sitzt er gebeugt wie ein alter Mann zusammengesunken im Sessel. Die Schultern nach vorne gedreht hat er nun beide Arme weit vorgeschoben und die Hände gefaltet auf den Tisch gelegt. Emil Maurice erweckt den Eindruck, als ginge ihn die ganze Geschichte gar nichts an – blickt weiterhin auf seine gefalteten Hände, ganz so, als wären diese derart interessant, dass man sie minutenlang anstieren müsste.

Geli betrachtet die beiden am Tisch gegenüber und kann gar nicht begreifen, dass der Vortrag ihre Lieben derart verstört hat: Die eigene Mutter immer noch keines Wortes fähig – der ehemalige Verlobte ganz in sich versunken – wohl betend.

Jetzt ist Geli sicher – der Ferdi betet, und sie ist darüber ganz erstaunt, denn Emil Maurice hat doch Gott und Jesus schon öfter in ihrer Gegenwart verhöhnt:

„Die beiden sind nur etwas für die Schwächlinge – ich dagegen ergreife das Stuhlbein", pflegte er dann zu sagen und wirkte recht überzeugt von sich – stellt Geli nochmals für sich selbst fest – für sie ein ganz neues, aber völlig unerklärliches Wesensmerkmal. Bisher war sie eigentlich davon überzeugt, ihren ehemaligen Verlobten gut zu kennen. Und sie hört wie er murmelnd von Gott und Jesus spricht – und auch die Namen Adolf und Geli kommen über seine Lippen.

Zwei Minuten voller Stille sind so vergangen – nur begleitet vom leisen Murmeln des Emil Maurice.

Da zieht die Mutter den Reißverschluss der großen Einkaufstasche auf, holt einen riesigen Stapel Papier hervor und haut diesen mit einem klatschenden Geräusch auf die glatte hölzerne Tischplatte. Der Stapel ist fein säuberlich mit Schmuckband abgeheftet. Auf dem oberen Deckblatt steht in großen, schwarzen Druckbuchstaben: »Angela Maria Raubal, geboren am 04. Juni 1908 in Linz, Österreich, handschriftlich unterzeichnet im September des Jahres 1931 in München«.

Die Mutter greift erneut in die große Einkaufstasche, knallt mit lautem Scheppern eine riesige Schere auf den Tisch und zusätzlich ein eng beschriebenes Blatt weißes Büttenpapier sowie einen übergroßen wichtig aussehenden Schreibstift. Die Mutter steht nun auf, stellt sich gerade hin und weist mit dem rechten Zeigefinger auf den Stapel Papier. Jetzt, wo sie so vollaufgerichtet dasteht, sieht man erst, wie groß und auch wie kräftig sie tatsächlich ist.

Derweil murmelt Emil Maurice immer noch – völlig apathisch zusammengekauert im Sessel sitzend. Man hört erneut die Worte Gott, Jesus, Adolf und auch Geli – jetzt schon viel deutlicher als vorher.

Die Mutter setzt eine richtige Amtsmiene auf und beginnt zu sprechen:

„Geli Raubal, Tochter, höre jetzt genau zu, was dir deine Mutter sagt."

War die Sprache bis hierhin ruhig, leise, freundschaftlich, so wird die Stimme nun ungewöhnlich scharf, eindringlich. Die Mutter fährt mit ernstem, fast versteinertem Gesichtsausdruck fort, wobei sie auf den Stapel Papier, die riesige Schere und den übergroßen Schreibstift blickt.

„Geli Maria Raubal, Tochter, nimm jetzt die große Schere und zerschneide den von dir beschriebenen

Papierstapel in kleine Teile. Zerreiße die Fetzen in klitzekleine Stückchen, die dann kein Mensch mehr lesen kann. Ferdi und ich werden danach alle Schnipsel aufsammeln und sicher im Ofen verbrennen."

Sie nimmt das DIN A4-Blatt in die Hand.

„Nachdem du alles bis ins Kleinste zerrissen hast, wirst du eigenhändig dieses beiliegende Dokument unterschreiben und Emil und ich werden als Zeugen mit Datum sowie Vor- und Zunamen gegenzeichnen. Höre, was Onkel Alf dir als allerletzte familiäre und freundschaftliche Chance einräumt. Ich werde dir den Text jetzt vorlesen:

>Ich, Angela Maria Raubal, genannt Geli, geboren am 04. Juni 1908 in Linz, Österreich, erkläre heute vor Gott und den beiden anwesenden Zeugen an Eides statt: Ich werde niemals Informationen aus dem Leben und dem Umfeld der NSDAP und ihres »Führers« Adolf Hitler an andere Personen oder Institutionen, in welcher Form auch immer, weitergeben. Dieses gilt für alle Kenntnisse, die ich aus dem schriftlichen und persönlichen Bereich erfahren habe. Das gilt aber auch für alle weiteren zukünftigen Kenntnisse, egal, wie ich sie erwerben werde. Meinen Onkel, Adolf Hitler, werde ich niemals verlassen – ihn auch in Zukunft nicht um meine sogenannte Freiheit bitten. Ich bin nunmehr bereit, der NSDAP und ihrem »Führer« gehorsam zu dienen, mein Leben lang bis zu meinem Tode. Diesen heiligen Eid schwöre ich als gläubige Christin bei Gott, dem Herrn Jesus und der Mutter Maria. Eigenhändig unterschrieben am 18. September 1931 in München. Unterschrift Angela Maria Raubal, Unterschrift Emil Maurice als Zeuge, Unterschrift Angelika Raubal (geb. Hitler) als Zeugin.<"

Es herrscht absolute Stille in dem wohnlichen Raum, denn auch Emil Maurice hat inzwischen seine murmelnden Gebete beendet. Die Mutter setzt sich wieder in den Sessel. Sie wirkt nach ihrer Rede völlig erschöpft.

Plötzlich springt Geli auf, ergreift das auf Büttenpapier beschriebene Dokument des Onkels, reißt es mit solcher Kraft kaputt, dass man durchaus annehmen kann, dass ihre Wut sie möglicherweise instand gesetzt hätte, ein dickes Telefonbuch zu zerreißen. Der übergroße Dokumentenstift landet mit einem Scheppern in der hinteren Ecke des Raumes und sie schreit mit sich überschlagender Stimme:

„**Verräter... und so was** nennt sich Mutter", wobei sie die anderen beiden Personen hasserfüllt anstarrt. Geli zuckt kurz zusammen, ganz so, als käme ihr ein wichtiger Gedanke. Sie reißt den von ihr verfassten dicken Stapel Papier vom Tisch und drückt die 1,5 Kilogramm schweren Dokumente mit beiden Händen an ihre Brust als müsste sie die vielen Zeilen gegenüber einer fiktiven Macht schützen. Sie sinkt in sich zusammen, ganz tief in ihr Sofa und beginnt herzzerreißend zu weinen.

Urplötzlich kommt auch in Emil Maurice Bewegung. Mit gefalteten Händen im Schoß steht er zeitgleich mit Gelis Mutter auf. Beide sehen das zusammengesunkene Menschenkind traurig an. Dann greift die Mutter erneut in die große Einkaufstasche:

Mit der Linken hält sie die Henkel der Tasche. Mit der Rechten zaubert sie eine große Pistole hervor – die Waffe des Onkels, eine »Walther« – und legt sie mit einem vernehmlichen Krachen auf die Holzplatte des Tisches.

Sie zischt:

„Da, Angela Raubal, nimm die Waffe an dich und tue das, was du noch als Einziges tun kannst! Du, Maria Geli Raubal bringst eine ganze Bewegung in

Bedrängnis, für die Millionen unter Lebensgefahr gekämpft und gearbeitet haben. Du, Maria Geli Raubal, hast die Millionen, die Partei, ihren »Führer« aber auch deinen ehemaligen Verlobten und die eigene Mutter verraten!

Ich habe dich unter dem Herzen getragen, dich unter Schmerzen geboren und liebevoll aufgezogen. Du, meine einzige Tochter, wirst immer mein Kind bleiben. Der Onkel hat in seiner Großmut, dir noch eine letzte Chance eröffnet. **Du hast sie nicht ergriffen!** Du hättest jetzt in nur wenigen Sekunden alles wieder gut machen können! Die Millionen Anhänger, die Partei, ihr »Führer« und auch du, mein Kind, wären wieder sicher. Alles könnte wieder so sein, wie wenn nichts passiert wäre. Aber du, meine Tochter, bist halsstarrig, dickköpfig und eigensinnig wie immer! Zudem kommt als neues Wesensmerkmal Dummheit hinzu – für eine Gymnasiastin mit hochtrabenden Zielen ganz ungewöhnlich! So, mein Kind, jetzt ist endgültig Schluss! Unsere Geduld ist am Ende. Dein ehemaliger Verlobter und deine Mutter sagen dir Lebewohl. Du lässt uns keine andere Wahl!

Da, vor dir liegt die bekannte Waffe von Onkel Alf. Sie ist geladen und entsichert. Du bist ja versiert im Pistolenschießen und kennst die Waffe des Onkels vom Schießplatz her. Ziele aufs Herz – hier", und sie zeigt mit dem Mittelfinger der rechten Hand auf ihr eigenes Herz.

„Ziele auf dein Herz! Eine Frau schießt sich nicht in den Kopf und das tut auch nicht weh – ist völlig schmerzlos! Auf Wiedersehen im Himmel, Geli, mein Kind. Du hast von nun an eine halbe Stunde Zeit, es zu tun – genau 30 Minuten!"

In diesem Moment fühlt sich Emil Maurice genötigt, sich ebenfalls zu Wort zu melden:

„Auch ich sage: >Auf Wiedersehen im Himmel<, herzallerliebste Geli."

Die Mutter und Emil Maurice drehen sich um, gehen aus dem Zimmer. Die Tür fällt ins Schloss und Geli ist allein: mit dem Stapel Belastungsmaterial, den eigenen Gedanken und der Pistole des Onkels.

Und Geli, das kluge Mädchen aus Linz, ist gar nicht so dumm, wie die Mutter meint. Die Nichte des »Führers« Adolf Hitler hat verstanden.

Sie weiß, dass für sie alles zu Ende ist!

Nachdem kein Schuss die Stille unterbrach, kommen der Ferdi und die Mutter wieder herein.

Geli wimmert:

„Mama – Mama – ich kann es nicht, Mama. Hilf mir", und Geli führt die Hand der Mutter an ihre eigene, kleine, zitternde Hand mit der Schusswaffe.

„Kind", sagt die Mutter, nimmt die Waffe und auch den Stapel Papier von Gelis Brust – legt beides auf den Tisch.

„Kind, hast du noch weitere Aufzeichnungen – möglicherweise versteckt?"

Dieser Gedanke ist der Mutter und Ferdi gekommen während sie draußen waren.

„Na klar, hab ich noch welche! Aber wo die sind, das verrate ich nicht", bricht es trotzig aus Geli heraus. Und die junge Frau richtet sich kerzengerade in ihrer Sitzposition auf dem Sofa auf.

Gelis Mutter und Emil Maurice sehen sich kurz an. Wie auf ein verabredetes Zeichen hin verlässt die große Frau das Zimmer, wobei sie die Tür mit solcher Kraft zuzieht, dass es laut kracht.

Jetzt geht Emil Maurice um den Tisch herum, direkt auf die sitzende Geli zu, tritt dicht an sie heran, und sagt mit seiner dunklen sonoren Stimme:

„Geli, mach es uns nicht noch schwerer, als es ohnehin schon ist – wo sind die anderen Aufzeichnungen?"

„Ich sage jetzt gar nichts mehr. Sollen die Menschen nach mir ruhig erfahren, was hier los ist. Onkel Alf …", sie will weiter sprechen, kommt aber nur noch bis Onkel Alf …, dann knallt es kurz und trocken. Bei Geli schwillt sofort die kleine Nase gewaltig an – Blut beginnt zu tropfen. Der in so vielen Saalschlachten kampferprobte SS-Schläger hat mit der rechten Außenkante der Faust ganz plötzlich in Gelis Gesicht geschlagen und ihr brutal die Nase gebrochen. Von dem Frauenbetörer, dem lächelnden Charmeur ist nichts geblieben: Das Gesicht eine glasharte Fratze, allein die Augen könnten töten.

Ganz unvermittelt kommt der zweite Schlag – nun mit geballter Faust direkt auf Gelis Brust geführt! Geli schreit laut auf vor Schmerzen und sackt auf dem Sofa in sich zusammen.

Der stadtbekannte NSDAP-Schläger zieht das Mädchen an der Bluse nach oben und schlägt es mit den Händen, mal links und mal rechts auf die Wangen und auf die Ohren – mit dem Erfolg, dass Geli erneut auf dem Sofa zusammensackt.

Mit zugekniffenen Augen blinzelt sie ihren ehemaligen Liebhaber aus vergangenen Tagen hasserfüllt an und bringt leise hervor:

„Auch du bist ein Schwein! Die größte Enttäuschung meines Lebens! Und auch meine Mutter ist abgrundtief schlecht, unternimmt nichts gegen den gewaltsamen Tod der eigenen Tochter durch eine Mörderbande."

„Da hast du mal wieder recht, du neunmal kluges dämliches Weibsbild! Ich bin wirklich schlecht! Ich bin aber nur schlecht, wenn es gegen ein Pack geht – wozu auch du gehörst – das meinem geliebten »Führer« und unserer heiligen Sache Schaden zufügen möchte! Dann siegt meine Treue zu »Führer« und Partei – geschworen in einem heiligen Eid. **Geli, jetzt ist Schluss!** Ich bin in der Tat böse!

So höre, Angela Raubal, wie schlecht ich tatsächlich werden kann, wenn Dummheit und Frechheit, so wie Du sie an den Tag legst, meinen geliebten »Führer« bedrohen.

Jetzt kann ich es Dir ja sagen: Meine Liebe zu dir war von Anfang an nur ein nettes Spiel auf Weisung der Partei. Meine sogenannte Liebe war tatsächlich nur Lüge, mehr nicht! Das liebestolle Fräulein Raubal aus Linz wurde nach Strich und Faden betrogen– zu Deutsch: Von uns allen beschissen!

Wir ahnten, dass du mit deiner frechen Klappe eines Tages unsere heilige Sache in Gefahr bringen könntest. Alle Großen der Partei waren sich einig. Heß, Goebbels, Himmler, Bohrmann und auch der »Führer« sahen das »Plappermaul aus Linz« schon frühzeitig als übergroße Gefahr für den Machtanspruch unserer geliebten Nationalsozialistischen Deutschen Arbeiterpartei. Schon 1927, also bereits vor vier Jahren war allen klar, dass es durchaus zwingend notwendig werden könnte, dass es einmal Emil Maurice, also ich, dein allseits bekannter Liebhaber sein würde, der dereinst das liebestolle Fräulein Raubal abservieren müsste, falls die Befürchtungen Realität werden würden. Dieser Fall ist jetzt eingetreten und alles ist von langer Hand vorbereitet. Sogar für ein Alibi des »Führers« ist gesorgt:

Bereits vor einem Jahr hat die Polizei Nürnberg gegen den »Führer« ein Strafmandat wegen Zuschnellfahrens ausgestellt – und zwar für den heutigen Tag, wo sich der »Führer« in diesem Moment gerade befinden müsste!

So dürfen Kommunisten und Sozialdemokraten ruhig nach deinem Tod sofort mit dem Geschrei beginnen, Adolf Hitler sei der Mörder von seiner Nichte Geli! **»Schuss in den Ofen« nennt man so was!** Auch der Prozess gegen die NSDAP wegen meiner Entlassung als Chauffeur und mein Rauswurf aus der Partei waren getürkt – also nur Schaumschlägerei! Morgen wird kein Mensch auf der ganzen Welt auf die Idee kommen, dass der aus der NSDAP ausgestoßene Emil Maurice – der ehemalige Verlobte des Fräulein Raubal – der Ferdi – der Mörder ist!“

Die Mutter ist nach den Schmerzensschreien der Tochter wieder hereingekommen.

„Mama, Mama – komm! – Mama, hilf mir! Schnell! – und nimm dieses Scheusal von mir! Befreie mich von diesem Dreckskerl und jenem Hochstapler, der der »Führer« aller Deutschen werden will! Lass mich noch einmal kurz, aber von Herzen lachen über diese beiden Hampelmänner während der wenigen Minuten, die mir noch bleiben. Sollen sie ewig schmoren in des Teufels heißer Hölle! Über dich, Emil Maurice, witzeln ja schon deine eigenen Parteigenossen:

>**Emil Maurice, der »Arier« mit Mut, aber mit Namen und Aussehen vom »Jud«!**<

Wie kann einer mit pechschwarzen Kopf- und Barthaaren, von dem man sagt, er sei selbst Jude – denn jedem ist bekannt, dass du einen jüdischen Urgroßvater mit Namen Cheri Maurice (1805-1896) hast und damit den von Himmler geforderten Ariernachweis für den Eintritt in die SS gar nicht erbringen kannst! Nur deine Nähe zu Adolf Hitler hat dir die Lügenbezeichnung »Ehren-Arier« eingebracht, unter der du dann doch noch in die SS durftest! Unter der Mitglieds-Nr. 2 müssen dich nunmehr deine eigenen Parteigenossen widerstrebend erdulden, denn niemand will einen Juden in dieser sogenannten Elite-Organisation! Wie kann so einer wie du derart zwiespältig sein? Wie kann so einer mit seinen SS-Schergen Jagd auf Menschen machen, die gleichen Glaubens wie die eigene Familie sind! Es gibt offenbar Leute mit Gewissen, ohne Gewissen und Leute mit zwei Gewissen, wie dich, Emil Maurice! Leb wohl, meine »Liebe«! Soll dich der Satan holen! Gott wird dir sicher auf dem Weg in die Hölle behilflich sein – genauso, wie er mir jetzt durch deine Hand helfen wird, in den Himmel zu kommen. Wie glücklich ich bin, ich kleines Mädchen aus Linz. In wenigen Minuten werde ich Herrn Jesu Christ und seine Mutter Maria sehen! Jetzt wird mein Leben erst richtig schön!"

„Geh nur ruhig nach draußen, Angelika – ich werde dem Kind schon helfen", sagt derweil Emil Maurice zu der Mutter in ruhigem Ton. Und die Mutter würdigt die Tochter keines Blickes mehr, dreht sich um, geht durch die Zimmertür und zieht diese hinter sich zu – diesmal leise.

Jetzt geht alles ganz schnell:

Emil Maurice schleift Geli zur Mitte des Zimmers – stellt sie auf die Füße, ergreift die Pistole und schießt der jungen Frau dicht unter dem Herzen in die Lunge. Er legt das Mädchen mit dem Gesicht voran zu Boden, so dass es nun auf Brust und Bauch liegt. Dann bückt sich der Mörder, legt seinen Mund an Gelis Ohr und flüstert – für sie deutlich hörbar:

„Das ist für die Hampelmänner! Und sollten mein Duzfreund Adolf und ich dereinst für unsere Heilige Sache doch in der Hölle schmoren – so sei's drum! Doch du, Flittchen, das schon immer voller Mitleid auf unsere Bewegung herabschautest – du eingebildetes Gymnasialhuhn aus Linz – du sollst noch 20 Stunden lang um dein Leben ringen, ehe dich der Tod erlöst.

Denke nicht, dass ich dir gleich ins Herz schieße! Das wäre viel zu einfach! Leiden sollst du! Ein Lungenschuss ist das Gebot der Stunde, dicht unterm Herzen! An den Schmerzen über Stunden sollst du verrecken! Dein Röcheln soll dir in den Ohren klingen, denn ich weiß, wohin man schießen muss, damit es richtig weh tut und man noch schön lange etwas davon hat! Gute Fahrt auf deiner Reise in den Himmel."

Emil Maurice geht zum Bett, denn der irrlichternde Blick der Sterbenden, die sich noch einmal leicht aufgerichtet hat, war auffallend lange auf die Liegestatt gerichtet. Er geht dorthin und zieht unter der Matratze vier weitere Stapel, eng beschriebenes, von Geli Raubal signiertes Belastungsmaterial hervor. Diese Päckchen schwenkt er triumphierend in der Luft, voller Freude, als ob er eine ganz große Leistung vollbracht hätte.

Nachdem das Zimmer aufgeräumt ist, die Pistole in der Hand von Geli liegt, und sie alle Belastungspapiere in der großen Einkaufstasche verstaut haben, sehen sich die Mutter und der ehemalige Herzensschatz selbstgefällig lächelnd an. Sogar an die Teetassen haben sie gedacht. Nichts, aber auch gar nichts weist darauf hin, dass die Nichte des »Führers« Adolf Hitler zwei Besucher hatte. Während Geli laut röchelnd am Boden liegt und einen langen Erstickungstod stirbt, machen sich die beiden Mörder unbemerkt davon.

Zum vierten und letzten Mal die Gedanken von Eugen Wasner:

„Hier bin ich wieder – der von Adolf Hitler gemeuchelte Schulfreund aus Leondig. Wie soeben gesehen, haben die Schergen des selbsternannten »Führers« ganze Arbeit geleistet:

Josef Goebbels, Heinrich Himmler und Martin Bormann sorgen für den qualvollen Tod von Hitlers Nichte Geli

Raubal – sie sind die Planer und die Überbringer von Hitlers Liquidationsbefehl an die Mörder. Sie haben auch dafür gesorgt, dass der letzte Zeuge des Dramas um Adi damals in Leonding aus dem Weg geräumt wurde. Unser gemeinsamer Schulfreund Bruno Kneisel wurde von der SS Himmlers gejagt, ermordet und sein Körper in den Inn geworfen. Damit ist auch der letzte Zeuge neben mir der »Ziegenbock-Schandtat« des jungen Hitlers für alle Zeiten weg! Die mörderischen Geheimnisse der an die Macht strebenden NSDAP sind damit sicher! Terror und Krieg können weiterhin zielstrebig verwirklicht werden »unter der Leitung des Bösen«, eines »wahnsinnigen« Adolf Hitler.

Jener unrühmliche Umgang Hitlers mit seiner Nichte Geli steht aber nicht für sich alleine da – das darf ich, Eugen Wasner, an dieser Stelle mit der letzten mir verbleibenden Lebenskraft hervorheben.

Bereits vor Geli und nach Geli redete man unter vorgehaltener Hand in Deutschland und auch ganz öffentlich in der Presse über die misslungenen Sexeskapaden des großspurigen Herrn Hitler.

Besonders blutjunge Frauen, noch Mädchen, wie Mizzi Reiter mit 16 und auch Eva Braun mit 16, standen auf der Wunschliste des selbsternannten »Führers« der Deutschen. Nicht besonders klug und nicht von großer Bildung durften sie sein. Dann ist gewährleistet, dass der berechnende Mensch Hitler alsbald seinem Umfeld gefügige Dummchen vorstellen kann – geeignet zum Angeben, weil blond und hübsch, aber auch stets mit der Möglichkeit versehen, sie bei Bedarf wegzusperren.

Der Jäger Hitler hat es wieder einmal geschafft – die Beute entspricht seiner Vorstellung und kann nunmehr nach seiner eigenen Philosophie den persönlichen, speziellen Bedürfnissen genau angepasst werden.

Hitler sagt dazu selbst:

>Es gibt nichts Schöneres als sich ein junges Ding zu erziehen, ein Mädchen mit 18/20 Jahren, biegsam wie Wachs!<

Und hier die Namen der geschichtsbekannten jungen Frauen, zu denen der Möchtegernsexprotz Hitler wohl gerne eine normale Beziehung aufgebaut hätte:

1907/8 Wien − Der jugendliche Hitler gesteht seinem Mitbewohner Alfred Kubizek seine Liebe zu der schönen Stefanie aus Linz, die während eines Blumenkorsos mit ihrer Mutter an ihm vorbeigefahren ist. Der Jüngling liebt ein Mädchen, dass er ein- bis zweimal gesehen hat, aber nicht wagt, anzusprechen.

Er schreibt ihr aber anonym einen Brief, in dem er mitteilt, dass er in Wien an der Kunstakademie studiert und bittet sie, bis zum Ende seines Studiums auf ihn zu warten. Nach dem Studium würde er sie dann heiraten.

Der 19-Jährige belügt das Mädchen auf schändliche Art und Weise, denn es ist historisch bekannt, dass er zweimal bei der Aufnahmeprüfung für das Studium an der Akademie durchgefallen ist.

1925 Berchtesgaden − Die Verkäuferin Maria (Mizzi) Reiter, eine Bekannte Hitlers aus Berchtesgaden, die sich Hoffnungen auf nähere Zuneigung machte, verübte 1925 einen Selbstmordversuch. Hitler schickte ihr sein Buch »Mein Kampf«, damit sie über seine eigentlichen Intentionen etwas erfahre und ihn besser verstehen könne.

1925/26 München − Eine Enttäuschung war wohl auch die zweijährige Affäre (1925/26) Hitlers mit Ada Klein, einer Angestellten des »Völkischen Beobachters«.

1928 bis 1931 München − Geli Maria Raubal, Nichte von Adolf Hitler und Mitbewohnerin seiner Wohnung in München, Prinzregentenplatz Nr. 16 − Tod November 1931 mit Hitlers Walther-Pistole.

Ab etwa 1927 München, Obersalzberg – Eva Braun, zunächst Hitlers jugendliche Freundin, bereits zu der Zeit, da seine damalige Lebensgefährtin Geli Raubal noch bei ihm in seiner Wohnung am Prinzregentenplatz in München mit ihm zusammen wohnte, danach Hitlers Lebensgefährtin. In dieser Zeit 3 Selbstmordversuche:

- August 1932 Pistolenschuss in die Brust
- November 1932 Pistolenschuss in den Hals
- Mai 1935 Suizidversuch mit Tabletten.

1932 München – Tochter von SS-Gruppenführer Hans Weinreich – »Hitlers unglücklicher Schwarm aus dem Jahre 1932«.

1932 München – Renate Müller, Ufa-Star – Blond, blauäugig und immer gut aufgelegt: Das war Renate Müller. Müller, versinnbildlichte das »anständige deutsche Mädel«, arisch, blond und natürlich. Und genau das macht Eindruck auf Deutschlands neue Machthaber. Renate Müller wird eingeladen zu privaten Gesellschaften in die Reichskanzlei, von Goebbels am Tisch direkt neben Hitler platziert. Ein deutlicher Hinweis. Zweimal geht sie hin, beim dritten Mal sagt sie ab.

Das war eine mutige Aktion: Der Führer ruft und Müller verweigert sich. Und man nimmt es ihr übel. Von nun an lässt Goebbels sie überwachen, und er schikaniert sie, wo er nur kann! Sie leidet unter der Situation, mittlerweile trinkt sie und nimmt starke Schlaf- und Aufputschmittel. September 1937 fällt Renate Müller aus dem 1. Stock ihres Hauses in Berlin auf das Pflaster der Straße – absichtlich oder aus Versehen. Im Krankenhaus stirbt sie am 7. Oktober 1937.

1934-1939 München – Unity Mitford – Einen weiteren Selbstmordversuch einer seiner Münchner Bewunderinnen traf Hitler 1939. Unity Mitford, eine Tochter Lord Redesdales, hatte ihr Auto mit dem Union

Jack und der Hakenkreuzfahne geschmückt. Hitler imponierte es, sich mit einer Dame aus dem englischen Adel unterhalten zu können, und er lud sie in seine Loge bei den Olympischen Spielen ein. Als England Deutschland den Krieg erklärte, versuchte sich die unglückliche Unity zu erschießen. Sie konnte gerettet werden. Hitler ließ sie in der Klinik behandeln und über die Schweiz und Frankreich nach England bringen.

Seit 1931 München/Berlin – Magda Goebbels, vormals Magda Quandt, vormals Magda Ritschel – Auch eine weitere nähere Bekanntschaft mit einer Frau, die Hitler sehr verehrte, war wenig vielversprechend. Magda Ritschel hatte auf der Zugfahrt aus dem Internat einen der reichsten Männer Deutschlands, Günter Quandt, kennengelernt, der sie heiratete. Die Ehe wurde bald wieder geschieden, und Magda, deren Herz für Hitler schlug, heiratete dann Joseph Goebbels. Möglicherweise ahnte sie, dass es nicht möglich sein werde, mit Hitler eine Ehe zu führen, und wählte dieses Arrangement, um in seiner Nähe bleiben zu können. Hitler war Trauzeuge bei der Hochzeit am 19. Dezember 1931. Es ist ja bekannt, dass Frau Goebbels Hitler anhimmelte, ihn häufig bei gesellschaftlichen Anlässen auch begleitete. Wie ich, Eugen Wasner, hörte, soll sie sogar gesagt haben, dass sie zwar ihren Mann liebe, aber ihre Zuneigung zu Hitler noch stärker sei.

Folgende kleine Tabelle soll zeigen, von welcher Dramatik Hitlers neun bekannte Liebschaften/ Freundschaften überschattet wurden:

1. Stefanie aus Linz	(1907/8)	(fiktive Liebe, auf Dauer nicht normal)
2. Mizzi Reiter	(1925)	(Freundin, Selbstmordversuch)
3. Ada Klein	(1925/26)	(Freundin)
4. Geli Raubal	(1927-1931)	(mehrjährige Liebschaft, Selbstmord laut Polizeibericht)
5. Eva Braun	(1929-1945)	(mehrjährige Liebschaft, drei Selbstmordversuche)
6. Tochter H. Weinrich	(1932)	(Freundin)
7. Renate Müller	(1932)	(Freundin, Selbstmord oder Unfalltod)
8. Unity Mitford	(1934-1939)	(Freundin seit 1934, Selbstmordversuch)
9. Magda Goebbels	(ab 1931)	(Freundin)

Bemerkenswert und für »normale« Liebschaften/ Freundschaften geradezu ungeheuerlich:

Mehr als die Hälfte der aufgeführten Verbindungen des »Möchtegerncasanovas« Hitler zu jungen Frauen
endeten mit
- Selbstmordversuch
- Selbstmord
oder
- Selbstmordversuch und anschließendem Selbstmord der Angebeteten – insgesamt 5 von 9 jungen Frauen!

Von keiner dieser Verbindungen des »Casanovas« Hitler zu den genannten jungen Frauen ist bekannt, dass es zu einer sexuell belegten Handlung kam. Und wenn es doch zu Annäherungen kam, dann wollten die jungen Frauen mehrfach aus dem Leben scheiden, weil Herr Hitler zum Sex nicht fähig war ...

... man schämte oder ekelte sich, weil der »PILLERMANN« zerbissen war!

Ich, Eugen Wasner, der kleine Gefreite der Deutschen Wehrmacht, bin mit meiner Geschichte am Ende! Auch mein Leben ist am Ende. Das Blut aus meinem abgeschlagenen Kopf tropft nicht mehr in den Bastkorb. Mir wird ganz dunkel vor meinen Augen. Ich fühle mich schwächer und schwächer. Ich fühle ganz deutlich, wie das Leben mich verlässt. Meine liebe Mutter kommt. Sie hebt mich auf wie ein Baby und drückt mich eng an ihre Brust. Ich, Eugen Wasner, fühle mich geborgen. Meine Mutter hat nicht schwer zu tragen – ich fühle mich leicht wie eine Feder!"

KINDER in HUNGERSNOT

HELFEN bringt auch dem Helfenden Zufriedenheit!

Lesen Sie bitte auch die nächste Seite.

Foto mit freundlicher Genehmigung N. Khoyun, Insel
Sylt, Deutschland

Wir sausen auf teuren Rennrädern aus Carbon durch die Gegend,

genießen auf chromblitzenden Choppern die herrliche Natur,

fahren mit PS-starken Nobelkarossen in Urlaub,

kreuzen mit Segel- und Motorjachten über die Meere,

fliegen in Sportflugzeugen durch Gottes Himmel

… und das alles nur zum Spaß!

Auf der anderen Seite stirbt alle 3 Sekunden ein Menschenkind, weil es nichts zu trinken und auch nichts zu essen hat.

Tsunamis, Erdbeben und von uns selbst verursachte Katastrophen verstärken dieses unsägliche Leid – und bringen jenen »Ball«, den wir großspurig »Welt«, aber wegen seiner Winzigkeit und Anfälligkeit auch »Erde« nennen, fast zum Zerbrechen!

Genießen wir weiter unseren verdienten Wohlstand, aber öffnen wir auch unser Herz für großes Leid und großes Unrecht, unmittelbar vor der eigenen Haustür!

Wechseln wir vom REDEN zum TUN!!!

Dazu habe ich mir zwei Fragen gestellt:

1.   Wie ordne ich meine derzeitige Lebenssituation auf einer Befindlichkeitsskala ein:

- hervorragend
- zufriedenstellend
- einigermaßen
- schlecht.

2.   Kann ich ein wenig an die abgeben, die nicht einmal genug zu essen und zu trinken haben?

Die Beurteilung auf der Skala für mich selbst ergibt: hervorragend.

Deshalb werde ich von jedem verkauften Buch 5 % meines Autorenhonorars für Kinder verwenden, die sich in Hungersnot befinden.

Ich bitte alle Menschen, sich ebenfalls die Fragen 1 und 2 zu stellen und dann nach einer ehrlichen Antwort den Weg zu einem Spendenkonto zu finden.

Es bedankt sich sehr herzlich Ihr H. Neubacher, Autor.

Kontakt zum Autor

Helmar Neubacher

www.pyramdenbau-aegypten.de

www.great-pyramid-building.com

www.schaduf-book.de

www.schaduf-book.com